霧の訪問者
薬師寺涼子の怪奇事件簿

田中芳樹

KODANSHA NOVELS
講談社ノベルス

カバー&本文イラスト＝垣野内成美
カバー&ブックデザイン＝熊谷博人・釜津典之

目次

第一章　避暑地の出来事

I

気象庁は頑として梅雨明《つゆあ》け宣言を出さないが、七月にはいって一週間、東京には一滴の雨も降らない。太陽は空の中央に君臨して、黄金《コガネ》色の熱波を地上にそそぎつづける。かくして、午前一〇時に東京駅を出発した超特急あさまの窓外《そうがい》の光景は、真夏日の予感に早くもうんざりしたようすだった。

すわりなれないグリーン車の座席に、私は身体《からだ》を落ちつけようとしたが、リクライニングシートの背もたれを倒してくつろぐ気にはなれなかった。私の座席は通路側にあり、窓側の隣席は無人のままなのだ。軽井沢《かるいざわ》に着くまでに、たぶんその席の客が乗りこんでくるだろう。そのとき私が眠りこんでいたりしたら、たがいに迷惑をこうむることになる。

私は気配りの人なのだ。いや、生まれつきの素質だとはいわない。修行の成果である。組織のなかでワガママな上司に振りまわされていれば、サラリーマンは誰でもそうなる。

私の名は泉田準一郎《いずみだじゅんいちろう》、年齢は三三歳、職業は地方公務員、もうすこし精確《せいかく》にいうと、警視庁刑事部参事官付の警部補である。

「うわー、警視庁の刑事!?　かっこいい」

と思ってくれる人もいるかもしれない。実情さえ知らなければ。私自身そう思っていたから、刑事の試験に合格したときには、ついスキップしたものだ。予知能力など持たない凡人《ぼんじん》の身には、地獄への門が黒い扉を開くひびきなど、聞こえるはずもなかった。

列車は出発したかと思うと、たちまち上野《うえの》駅のホームにすべりこみ、すぐにふたたび走り出した。もちろん窓は開かず、ガラスの向こうを炎天下の大都会の風景が愛想なく飛び去っていく。

やたらと大きな文字が視界をかすめた。「東京で二回めのオリンピックを！」という政府と東京都の広報広告《パブリシティ》だ。

それにしても、お役所の考えていることは、よくわからない。「東京はまもなく大地震にみまわれる。都民は災害にそなえろ」と騒ぎたてながら、一方でオリンピックを誘致《ゆうち》しようというのだから。いつ大地震が来るかわからない危険な都市で、オリンピックを開く気なのだろうか。

とまあ、ケチをつけたくなるには理由《わけ》がある。ついい先週、大地震対策と称して、警視庁あげての訓練がおこなわれ、私は練馬《ねりま》区の官舎から警視庁まで徒歩で通勤させられたのだ。大地震であらゆる交通機関がストップし、自動車も使えなくなった事態を想定してのことだが、地下鉄を使えば直行で二〇分のところ、三時間かかった。たしかにいい運動にはなったが、警視庁の全員がクタクタになったところで大地震が発生していたら、どうなっていたことやら。

「総監はいいよな。徒歩だって一五分しかかからないんだから」

という部下たちの怨嗟《えんさ》の声も知らず、ご機嫌の警視総監は、疲れはてた部下たちを前に、ご自慢の俳句を披露《ひろう》した。

「大地震　いつでも来いと　腕まくり」

俳句になってない、季語がないだろ、だいいち「いつでも来い」ってのはまずいだろ――と、いいたいことは山ほどあれど、下っぱはひきつった笑顔で拍手するのみ。大地震がほんとうに来るより、訓練ですんだほうがいいに決まっているのだが、それにしても……。

ふと私は視線を動かした。私のすぐ横の通路に女性が立ったのだ。

周囲の乗客たちがその女性に感歎《かんたん》の視線を集中させている。それほどの美女だ。スーパーモデル級の身長に、芸術的な曲線。ベージュ色のサマースーツは、見るからに高価そうだ。茶色の髪は短く、細く筋のとおった完璧《かんぺき》な形の鼻にサングラスをひっかけて、あきらかに私を見おろしている。

私が口を開くより先に、その美女は、私に顔を近づけてささやいた。

「月蝕《げっしょく》の夜」

「は……？」

めんくらう私におかまいなしに、彼女はささやきをつづけた。

「翡翠《ひすい》の塔に人狼《じんろう》の影」

「あの……」

「マールバッハ侯爵の遺言状は、全文が人間の血で書かれていた……」

ようやく体勢をたてなおして、私は、すこし強い口調でささやき返した。

「いったい何の冗談です？　他の乗客が見ていることですし、ほどほどにしてくださいよ」

サングラスの美女は、かるく身を引いた。チッと舌打ちの音をたててサングラスをはずすと、生気《せいき》にあふれた美しい瞳が、不機嫌そうに私を直視する。

「まったくもう、遊び心のないやつだこと。せっかくの列車の旅に雰囲気をそえてやろうとしてるのに、上司の心づかいってものを理解する能力がないのね、君は」

さよう、この美女は私の上司なのであった。名前は薬師寺《やくしじ》涼子《りようこ》、年齢は二七歳、肩書《かたがき》は警視庁刑事部参事官、階級は警視。世にいうキャリア官僚である。

私は席を立った。涼子を窓側の席にすわらせるためだ。美貌《びぼう》の上司は、音をたてるような勢いで着席した。

「残念ですが、これは一九二〇年代のオリエント急行じゃないんです。二一世紀の長野新幹線で、窓もあかない単なる大量移動システムです。旅愁も旅情も関係なく、ひたすら目的地へいそぐだけの金属製の箱ですよ」

「わかってるわよ」

私の上司は、座席でひざを組んだ。これだけ長い脚《あし》だと、普通車の座席の間隔では、組むのが窮屈《きゅうくつ》だろう。

あらためて腰をかけると、私は、上司への疑問を口にした。

「あなたが列車に乗るなんて思いませんでした。どういう風の吹きまわしですか」

「何よ、あたしが列車に乗るのはおかしいとでもいうの」

「そうではなくてですね、軽井沢へは車でいらっしゃると思ってたもので」

深紅《しんく》のジャガーで高速道路を暴れまわる、ではない、疾走する涼子の姿を、私は脳裏《のうり》に描いた。

「すっかり忘れてたけど、車検《シャケン》の時期だったのよ」

「ああ、そうでしたか」

納得しかけたが、べつの疑問が私の胸に兆《きざ》した。

「でも、あなたの所有車《くるま》は一台だけじゃないでしょう?」

「詰問《きつもん》はやめてよ」

「詰問なんてしてませんよ」

「うるさいな、いろいろつごうがあるの!」

涼子は窓外に視線を送る。つごうとは何だろう、駅弁でも食べたいのかな、しかし一時間そこそこで軽井沢に着いてしまうはずだが。

考えをめぐらせたが、どの推測を口にしても上司の不機嫌がつのりそうだったので、私は沈黙した。窓外には、平坦《へいたん》な地形に、巨大都市の郊外風景がだらだらと連《つら》なっている。

大宮《おおみや》から高崎《たかさき》への中間あたりで、ふたたび私は口を開いた。

「で、私の仕事は?」

「決まってるじゃないの」

「といわれましても、事件の概容《がいよう》を、まだうかがっていませんが」

「事件?」

涼子はわざとらしく復唱してみせた。

「何の事件よ」

通路を、車内販売の女性が通りすぎながら、好奇の視線を私たちに投げていく。

「事件があったから、わざわざ長野県までいくんでしょう?」

「そんなものないわよ」

「じゃ、何のために」

「決まってるっていったでしょ、休暇よ。休暇をとって、軽井沢の別荘に滞在するから、君にオトモさせてあげるの。感謝しなさい」

「させてあげる」とは何という言種《いいぐさ》だ。

「私は休暇などとる気はありません」

「あら、上司の思いやりを無にするつもり?」

「思いやり!?」

「焦熱《しょうねつ》地獄の東京から救出して、涼しくて空気のキレイな軽井沢で休暇をすごさせてあげようという、やさしい思いやりよ」

「上司といっしょじゃ、休暇になんてなりませんよ!」

「ワガママな男ねえ」

美しい眉《まゆ》をわざとらしくひそめて、私の上司は溜《ため》息《いき》をつく。

誰がワガママだ、ワガママという日本語の正しい意味を教えてやろうか。そういいたかったが、あまりのことに声も出ないでいるうちに、列車は高崎駅に着き、たちまち発車して、平野から山間部へとはいっていく。

二本めのトンネルにはいったとき、私はアキラメの境地に達していた。高崎駅で席を蹴って下車しなかった私の負けである。とりあえず軽井沢までオトモするしかなさそうだった。

II

ホームに降り立つと同時に、心地《ここち》よい涼気が私の全身をつつんだ。なるほど、涼気とは天然の産物だ。いままで新幹線の車内に流れていたものは、涼気ではなくて冷気にすぎなかった。

私自身の出張用のボストンバッグと、よくわからないがミラノ・ブランドらしい涼子のバッグとを両手にさげ、涼子につづいてエスカレーターに向かおうとしたときである。

「ミレディ！」

高原の夏空を背にして、手を振る人影がふたつ。涼風に香気が加わったような、みずみずしい美しさだ。高原リゾートらしく、Tシャツにショートパンツという姿のうら若い女性ふたりは、私もよく知っていた。

「マリアンヌとリュシエンヌまで呼んであったんですね」

「当然でしょ。あの娘《こ》たちを熱帯夜の東京に置いておけるもんですか」

黒い髪のマリアンヌと、栗色の髪のリュシエンヌは、涼子につかえるメイドだ。うるわしいパリジェンヌで、天使の微笑の持ち主だが、じつは武器や電子機器をあつかう天才で、軟弱な男どもなら一ダースまとめて薙《な》ぎ倒す武術の達人である。遠くない未来において、涼子が世界征服のため実力行使に出る場合、この美少女たちが尖兵《せんぺい》となることは、もはや既定《きてい》の事実であろう。

とはいっても、パリ育ちの彼女たちにとって、最大の難敵はアメリカの海兵隊でも北朝鮮《ノース・コリア》の特殊部隊でもなく、アジア季節風《モンスーン》地帯の暑さと湿気だ。

「九月の末まで、ふたりには軽井沢にいてもらうつもり。東京の残暑はしつこいからね」

女王さまはメイドたちに思いやりをしめす。涼子を「ミレディ」と呼んで神格化している美少女たち

は、私にも笑顔のおこぼれをくれた。

　周囲から降りそそぐ視線の針が、私の皮膚に痛い。美女たちにかこまれて避暑地にやって来た果報《かほう》者《もの》、と、とんでもない誤解をされているのはまちがいなかった。

　ちなみに、もともと日本には「避暑」という発想がなかった。歴史上のどんな権力者も、夏の間は暑い場所で汗をかいていたのだ。足利義満《あしかがよしみつ》やら豊臣秀吉《とよとみひでよし》やらが、六甲山《ろっこうさん》の頂上あたりに豪華な別荘を建てようとしなかったのはフシギだが、軽井沢も箱根《はこね》も日光中禅寺湖《にっこうちゅうぜんじこ》も、明治時代になってから外国人によって避暑地として「発見」されたのである。

　改札口を出ると、右側が南、左側が北という位置関係になる。ためらいもなく、涼子は左へ向かった。北口のほうは古くからの別荘地と商店街だが、南口のほうはひたすら巨大なショッピングセンターとゴルフ場がひろがっている。

　夏休み前で、小中学生の姿こそないが、すでに多くの男女が歩きまわっていた。ショッピングセンターへ直行するらしく、中年女性の一団がにぎやかに南口へと向かっている。彼女たちと反対方向へ進んで、私たちは、幅の広い螺旋《らせん》階段を駅前広場へと下っていった。

　軽井沢といっても、ずいぶん広い。明治以来のもっとも伝統ある地区は、旧軽井沢《きゅうかるいざわ》と呼ばれる。JR長野新幹線の北口から、北へ二キロほどいった一帯だ。そこから西へ三キロほどいって、しなの鉄道中軽井沢《なかかるいざわ》駅の周辺、とくに北側が中軽井沢。JRの線路から南の一帯を南軽井沢《みなみかるいざわ》と呼んでいる。

　ここまでは長野県軽井沢町だが、北へ進んで浅間《あさま》山《やま》の東麓《とうろく》をすぎ、群馬県長野原《ながのはら》町に出ると、そのあたりを北軽井沢《きたかるいざわ》と称する。北軽井沢は群馬県なのだ。こうして見ると、ないのは東軽井沢《ひがしかるいざわ》ぐらいだが、プライドの高い旧軽井沢の別荘族は、他の地区をまとめて「偽軽井沢《ニセカル》」と呼んでいるそうな。

　薬師寺家の別荘は何処《いずこ》に、といえば、やっぱり旧軽井沢にあるのだった。それも、旧軽井沢銀座《ぎんざ》商店街や万平《まんぺい》ホテルにもほど近い一等地だ。薬師寺家はアジア最大の警備保障会社JACES《ジャセス》のオーナー一族だから、それぐらいは当然かもしれない。

JACES《ジャセス》の保養所は、南軽井沢にあるのだ。軽井沢駅の西南方向、広大すぎるゴルフ場の西側、エメラルドグリーンの森のなかに。

「あのあたりは土地が平坦《へいたん》で、湿気もすくなくて、熊も猿も出ないし、旧軽井沢よりよっぽどいい場所なんだけどね。似たりよったりの保養所ばかりで、道がわかりづらいの」

「へえ」

「気のない返事をしないの。携帯電話《ケータイ》で迎えを呼んだから、ちょっとだけ待ってなさい。モンクないわよね」

モンクはいくらでもあるが、いってもムダである。両手にバッグをさげたまま待つことにしたが、リュシエンヌとマリアンヌが何か話しあってから、ふたりで涼子のバッグを引っぱった。持ってくれるということらしい。

礼をいおうとしたとき、広場に面した貸自転車《レンタサイクル・ショ》屋《ップ》の角に数台のパトカーが停車し、一団の人影があらわれた。何と、私たちの同業者だ。夏用の制服を着ている。先頭に立つ中年の男が、帽子をとってハンカチで頭の汗をふいた。丸い頭が光沢《こうたく》を放つ。それを見て、涼子がつぶやいた。

「あら、長野県警の本部長だわ」

とめる暇もない。ハイヒールで舗石《ほせき》を踏み鳴らしつつ、涼子は制服の一団に歩み寄った。おどろいたように、同業者たちの足がとまる。

「おひさしぶりです、本部長」

「え……と、君は?」

「お忘れですの、薬師寺でございますわ」

「あっ、ドラよけお涼《りょう》……!?」

本部長が口走ったのは、涼子の異名だ。「ドラよけ」とは「ドラキュラもよけて通る」という意味である。

「き、き、君は休暇で来てるのかね」

本部長の声は裏返っている。ヨーデルでも歌い出しそうだ。気の毒に、この人もまた、ドラよけお涼の暴虐《ぼうぎゃく》の犠牲者と見える。どんな弱みをにぎられているのやら。涼子は独自の情報網を駆使し、おえらがたの弱みをつかむことで、不当な権勢をにぎっているのだ。

涼子のほうはというと、獲物を前に舌なめずりする人食いライオンか、ファウスト博士をつかまえたメフィストか、いずれにしても邪悪のオーラにつつまれていた。

「ええ、休暇みたいなものですけど、情況に応じて、いかようにも変更できますの。これぞフレキシビリティと申すものですわ、オホホ」

周囲の男たち、というのは長野県警の職員だろうが、不審そうに涼子と本部長とを見くらべている。この尋常《じんじょう》ならざる美女と、自分たちの上司との間にどのような関係があるのか、想像や邪推《じゃすい》をたくましくしているようだ。平然たる涼子にくらべて、やたらと狼狽《ろうばい》している本部長のほうが不利に見えるのは、しかたないことだった。はげあがった頭に高原の陽光を反射させつつ、どうにか体裁《ていさい》をつくろっての咳払《せきばら》い。

「と、とにかく、不穏な発言や過激な行動はつつしんでくれタマエよ。ひとつまちがうと国際問題だからな。君ひとりではとても責任がとれんことになるぞ」

「承知しておりますとも」

花のような、というより、食虫植物みたいな笑顔で応《こた》える。

「ここで不祥事《ふしょうじ》をおこして世間に知られたら、せっかく手がとどいた警察庁《ホンシャ》の席があぶなくなりますものねえ。どうぞご出世あそばせ、オホホ、では失礼」

涼子が敬礼してみせると、本部長は何世代か前のロボットみたいに不自然な足どりで、オトモたちとともに遠ざかっていった。

形のいい鼻の先でせせら笑いながら涼子がもどってきたので、私は問いかけた。

「誰か外国の要人でも来るんですかね」

「来るのよ」

「誰です?」

「マイラ・ロートリッジ」

その名は私の脳裏《のうり》の人名録には載《の》っていなかった。女性の名だが、アメリカの国務長官でもイギリスの首相でもないようだ。もちろん何者かを知りたかったが、私は口を閉ざした。

ほどなくやって来たのは、まさに行列だった。六台の自動車、そのうち五台は黒塗りのベンツだったが、一台は銀色にかがやくロールスロイスで、古風なデザインこそが超高級車の証明だった。停車したベンツから、ハリウッド製アクション映画に登場するようなサングラスにダークスーツの男たちが降り立ち、ロールスロイスの片側に排他的な半円陣をつくる。

ロールスロイスの後部座席のドアが開くと、降り立つ女性の姿が見えた。警備や歓迎に慣れきっているのだろう、堂々たる態度だ。

「あの女性がマイラ・ロートリッジですか」

「そうよ。今年五八歳だって」

「へえ、そうは見えませんね」

実際の年齢より、マイラ・ロートリッジは一五歳ほども若く見えた。金褐色の髪、明るい碧眼《へきがん》、ピンクの肌。白いツーピースの服も若々しいが、ずいぶんと高価なものにちがいない。

白いツーピースの周囲は、黒い壁だった。上から下まで黒ずくめの屈強な男たちが、女性大富豪の身辺をかためている。そのまま路上を移動していくありさまが、蟻《あり》の群れのようだ。

「まさか拳銃《けんじゅう》を持ちこんじゃいないでしょうね」

「それはないわ」

「そうですか」

「持ちこんでるなら、マシンガンでしょ。それともバズーカ砲かしらね」

悪意をこめていいながら、私の上司は、形のいい手指の爪《つめ》を口もとにあてていた。

III

ロートリッジ家はアメリカでも有数の大富豪である。資産は一〇〇億ドルをこすんだそうだ。へえ、すごいね、というしかない。私自身はちっとも資産家ではないが、身近なところにオカネモチのご令嬢がいるので、富豪とやらには食傷《しょくしょう》気味なのである。

「UFA《ユーファ》のオーナー一族なのよ、ロートリッジ家は」

「だったら名前は聞いたことがあります」

UFAは食品と農業の分野で、世界最大級の企業グループだ。コーヒー、各種のジュースや缶詰、シリアルにチョコレート、ハムにソーセージ。アメリカの家庭の半数が、毎朝、UFAのコーンフレークを食べているという。アメリカの成人の半数が医学上、過度の肥満状態にあるそうだが、責任の幾分《いくぶん》かはUFAがせおうべきかもしれない。

そしてこのたびUFAは、日本の有名企業グループをまるごと買収したのだ、という。大正時代に創立された紡績《ぼうせき》会社で、その後、繊維だけではなく、食品、化粧品、医薬品、レストランチェーン、ゴルフ場など多くの分野に進出した。しかし御多分《ごたぶん》にもれず、泡沫《バブル》の崩壊で巨額の負債をかかえてしまった。一〇〇〇億円単位の公的資金がつぎこまれたが、経営は再建できず、政府にも見すてられて、外国資本《ガイシ》にたたき売られてしまったのだそうだ。二一世紀の日本では年に何回もある話で、それだけではめずらしくもない。UFAはたった五〇億円で買収を完了したそうだが、それもよくある話だ。

アメリカの政財界にも顔のきくマイラ・ロートリッジは、自家用ジェット機で東京へやって来て、先日、調印式をすませた。その後、軽井沢を来訪して、何日間か滞在するのだという。ホテルをまるごとひとつ借りきっているのだそうだ。

ある想像が私を刺激した。

「もしかして……」

「何よ」

「もしかして、マイラ・ロートリッジが軽井沢に来ることを知ったから、あなたも軽井沢へ来たんじゃありませんか」

サングラスの位置を指先で下にずらして、涼子は、邪気のある目つきで私を見やった。

「どうして、あたしがそんなことしなけりゃならないの？」

「いや、どうしてって……」

「何の根拠があって、そういう具合《ぐあい》に上司をうたがうのよ。きちんと説明してごらん」

理論的な根拠なんてありはしないから、私はおとなしく退却するつもりだった。だが、上司の開きなおった態度が、私の確信を高めた。こいつはかならず裏面《うら》がある。

メイドたちの興味深げな視線を受けつつ、私は答えた。

「根拠は、あなたの趣味です」

「あら、何のことかしら」

「あなたの趣味は、平地に乱をおこし、静かな池に石を投げこむことですからね。それで水面に波が立つくらいならまだしも、石の重さで池の底が抜けてもおかまいなし。そういう例を、私は何度も見てきたから、今回もそうではないかと……」

私の口を何かがふさいだ。長方形の封筒で、きわめて上質の紙でつくられている。私はそれを口から引きはがして、上司をにらみつけた。

「何です、これは」

「見りゃわかるでしょ、招待状よ」

たしかに「御招待状」と記してある。〝Letter of invitation〟と格式ばった英文とともに。

「マイラ・ロートリッジは日本の政財界に顔を広めるつもりなんでしょ。企業買収を機会に、盛大なパーティーを開く気なのよ」

「やっぱり、マイラ・ロートリッジが目あてで軽井沢へ来たんですね!?」

「偶然よ、グウゼン」

私は側面攻撃をかけてみることにした。

「で、どうしてあなたが、マイラ・ロートリッジに招待されるんです?」

「きまってるでしょ、あたしがJACES《ジャセス》の次期オーナーだからよ」

「なるほど、次期オーナーとしてですか」

「そうよ」

「つまり私人《しじん》、民間人として招待されたんですね」

涼子は、かるく眼を細めた。この傍若無人《ボウジャクブジン》な女王さまが警戒するときの表情である。

「だったら総務部でも秘書室でも、JACESの社員があなたのオトモをするべきでしょう。何だって、公務員たる私が、オトモしなきゃならないんです?」

涼子があらぬ方《かた》を見やったので、私は、つい錯覚した。勝てるかもしれないぞ、と。

「どうです、答えてください」

「泉田クン、そうやってさ、上司の意向にいちいちさからって、いったい何が楽しいの?」

「べつに楽しいわけじゃありませんよ」

「楽しくはないのね」

「そういってるでしょう」

「じゃ、さからうのはおやめ」

「え!?」

「楽しくもないことを、無理にやる必要はないでしょ」

「いや、それは……」

「あたしにさからうのが楽しくない、ということは、あたしのいうことを諾《き》くのが楽しいわけでしょ。君は楽しいことだけやってりゃいいの。シアワセな人生じゃないのさ」

私は二度ばかり口を開閉させたが、言葉は出てこなかった。私はまんまと詭弁《きべん》の罠《わな》にはまったマヌケな狼《おおかみ》だった。いや、せいぜい狐《きつね》かな。

「楽しいとか楽しくないとか、そういう次元のことではなくてですね……」

「あ、やっと迎えが来た」

私のむなしい抗議を黙殺《もくさつ》して、涼子が手を振る。停車したワンボックスカーから、ころげるように、ひと組の男女が降りてきた。

「お嬢さま、参上するのが遅れまして、まことに申しわけございません」

涼子に向かって何度も頭をさげる。別荘の管理人夫婦であることは、紹介されるまでもなかった。

「ご苦労さま。気にしなくていいのよ」

「おそれいります、何ですか、道路のあちこちで検問などやっておりまして、迂回《うかい》やら渋滞やらでいつもの倍以上の時間がかかりました。まったくもって警察という手合《てあい》は、人の迷惑をかえりみませんで……」

「まったくね。それじゃ荷物をお願いするわ。さ、みんな、さっさと乗って」

私の上司は、警察組織を擁護《ようご》する気なんぞなさそうである。ＪＡＣＥＳ《ジャセス》の持たない特権を、警察がいろいろ持っているのが、たぶんお気に召さないのだろう。ただ、恐縮しきりの管理人夫婦を一言もとがめようとしないのは感心だ。

発進した車は駅前から東へ、さらに北へと走った。一面の緑のなかに、黄金色のきらめきがまじるのは木洩《こも》れ日だ。何万ものエメラルドをばらまいたなかに金貨がまじっているような、と表現するのは、適当かどうか。

一秒ごとに緑が濃度を増していく。車窓から流れこむ涼風が、何だかスモッグまみれのタマシイまで洗い浄めてくれるようだ。錯覚だとしても、このような錯覚《さっかく》は悪くない。

一〇分たらず車を走らせ、小川にかかった石づくりの橋を渡ると、木製の門柱が見えた。四桁《けた》の別荘番号が記されているだけで、人名は書かれていないが、そこが薬師寺家の別荘だった。車が停まったのは、チロルの民家という感じの二階建ての玄関先だ。

運転席から飛びおりた管理人が、鍵束を鳴らしながら玄関のドアに歩み寄る。厚い樫板《かしいた》のドアには、上中下と三つも鍵がついていた。ドアが開くと、石を敷いた玄関に、広大な広間《ホール》がつづいている。小学校の教室ほども広く、巨大な煉瓦《れんが》づくりの暖炉やソファーやカウチが見える。管理人の奥さんがスリッパを並べてくれて、一同はフローリングの床に上がった。ほとんど同時だった。

「涼子ちゃーん！」

朗々《ろうろう》たる男声低音《バス》の声が、高原の空にコダマする。窓の外で、何羽かの鳥が樹木の枝からあわただしく翔《と》びたったのは、たぶん偶然だろう。

「ハーイ、ジャッキー」

大きく手を振ってから、わざとらしく涼子は私をかえりみた。

「泉田クン、どうしたの、急によろめいたみたいだけど」

「あ、いえ、ちょっと」

意味のない応答《こたえ》を返すしかない。

「まあ、ジュンちゃん、日射病じゃないでしょうね。ダメよ、お帽子をかぶってなきゃ。空気は冷たくても、高原の直射日光は、東京よりずっと強いのよ。さ、さ、こちらのソファーにおすわりなさいな」

台詞《せりふ》はやさしいが、その声の太さはパルテノン神殿の円柱をしのぐ。

家の奥から床を踏み鳴らして出現した人物の本名は若林健太郎《わかばやしけんたろう》。歴然たる男性だが、いまは白粉《おしろい》にアイシャドーに茶髪のかつら、コーラルピンクのサマードレスなどを着こんで、威風堂々たる女装ぶり。ジャッキー若林と自称する、涼子の友人である。

「そ、それで、ジャッキーさんは、なぜここに？」

「さんはいらないわよ。ほんとに、かたくるしい子ね。でもそういうところが涼子ちゃんはいいのよね」

うわっははは、と豪快に笑ってから、ジャッキー若林は教えてくれた。

「じつは軽井沢で全国大会があるのよ」

「財務省関係者のですか」

「まっ、やあね、財務省なんてどうなろうと、わたしの真実の人生に関係ないわ。女装愛好家の団体に決まってるでしょ」

ジャッキー若林の表の顔は、財務省のエリート官僚である。将来は次官になるだろう、というモッパラの評判だ。

私はちらりと、ふたりのパリジェンヌを見やったが、リュシエンヌもマリアンヌも、驚愕《きょうがく》したようすはない。すでにジャッキーの存在を知っているようであった。

「統一された団体があるんですか？」

「ないわよ。統一された団体をつくろう、なんて発想そのものが、悪《あ》しき男性原理ってものでしょ」

「な、なるほど」

「ただ、有力な団体が集まって協議することは、年に一、二回あるのヨ」

「有力な団体といいますと？」

ジャッキー若林によると、会員一〇〇〇名以上の大きな団体は三つ、会員一〇〇名以上となると五〇に上る、という。三つの大団体はというと、「皇国女装愛好家同盟」、「新しい服装文化を作る会」、「薔薇色の女王たち《ローズカラー・クイーンズ》」という名称だそうだ。一番めの団体は何だかムダにえらそうだし、二番めの団体は売れないデザイナーの集まりとまちがえそうだし、三番めの団体は聞くからに妖《あや》しげだ。ジャッキーがどの団体に所属しているのかという点は、尋《き》く気にもなれなかった。

機嫌よくジャッキーは話しつづける。

「夏休みがはじまると、軽井沢のホテルは満室になっちゃうしね。その前でないと、とても予約がとれないの。いつものことだけど、お涼ちゃんにはお世話かけるわ。それにジュンちゃんにもこうして逢《あ》えるなんて」

「はあ」

「きっと運命がわたしたちを一ヵ所に呼び集めたのね。す・て・き」

そんな運命を、私が喜んで受け容《い》れると思ってもらっては不本意である。

悪夢のような窮《きゅう》地《ち》からどうやって脱出すべきか、必死になって考えていると、いったん奥へはいった涼子が、スリッパを鳴らしながらホールにもどってきた。

「ロートリッジ家のパーティーは六時からだからね、それまでに用意しておくのよ」

「私も出なきゃならないんですか」

私はパーティーがあまり好きではない。たぶんパーティーのほうでも私をきらっていると思う。私は社交的な会話もできないし、ダンスもできない。そんなことはとっくに承知しているはずなのに、何でわざわざ私なんかを出席させるのだろう。

「君は立ってるだけでいいのよ。イギリスの既製服が似あう身体《からだ》つきをしてるんだから、タキシードでも着て笑顔をつくってなさい」

「タキシードなんか持ってませんよ」

「日本語は正確に。タキシードを持って来ていないの、それとも最初から所有していないの？」

「最初から持っていないんです」

ダークスーツに白と黒のネクタイは、社会人として必需品だろうが、タキシードまでは持つ必要を感じない。

「やっぱりね」

「は？」

「そんなこともあろうかと思って、タキシードの用意はしてあるわよ。貸してあげるからそれを着てオトモしなさい」

「はあ」

「質問はないの？」

「べつに」

いまさら何をいってもムダだろうと思ったから、そう答えたのだが、上司の美しい双眸《そうぼう》に、雷火《らいか》がひらめいたような気がした。私をにらみつけると、踵《きびす》を返して、もういちど奥へ歩んでいく。マリアンヌとリュシエンヌが後にしたがう。

「ダメよ、ジュンちゃん。こういうときにはねえ、『あなたはどんなドレスを？』と尋《き》いてあげなきゃ」

女性ファッションの権威に叱《しか》られてしまった。そんなことといわれてもなあ、と思いながら、天井のシャンデリアを見あげる。ふとこのとき想《おも》い出したことがあった。

ロートリッジという家名は初耳だったが、UFAという企業名は、以前、聞いたことがあった。よい印象をあたえる話ではなかったが、正確には雑誌の記事で読んだのだ。

一〇年ほど前に、中央アメリカの小国で、先住民の村が焼かれ、八〇人の男女が殺害される事件があった。UFAが五〇〇〇ヘクタールの熱帯雨林を切り開いて、パッションフルーツの大農園とジュース工場を建設しようとしており、その計画に反対する先住民を殺害したのだ、として告発された。UFAがそれを否定するうち、その小国では政変《せいへん》がおこって、事件を捜査していた内務大臣が追放された。新任の内務大臣は、UFAが事件に関与していた証拠はなかった、として捜査を打ち切り、大農園と工場はめでたく建設された……。

そういう話である。

「ロートリッジ家ねえ。涼子ちゃん、何か考えてるわね、GATのことかしら」

ソファーにすわったジャッキー若林が、たくましい脚を組む。きちんと脱毛しているらしいのが、良心の証《あかし》なのだろうか。

「いま何といいました?」

「GATっていったのよ。G・A・T」

「何の略です?」

「黄金天使寺院《ゴールデン・エンゼルズ・テンプル》。アメリカに何千とあるキリスト教系の新興宗教団体のひとつ」

「信者の数が多いんですか」

「五万人ぐらいかしら」

「人数はたいした問題じゃないわけですね」

「そう、問題は資金力と影響力」

ジャッキー若林が中国製らしい扇で顔をあおぐと、白檀《びゃくだん》の香りがただよってきた。

「ロートリッジ家がスポンサーなんですね」

「というより、ほとんど一体化してるわよ」

さらに扇が動くと、白檀の香りを圧して、厚化粧の匂いが流れてきた。それぐらいは耐えなくてはなるまい。ジャッキー若林はまだチャイナドレスを着てはいないのだから。

「GATの宗旨《しゅうし》って、どういうのですか」

「あんまりよく知らないけど、極端なキリスト教の原理主義よ。もうすぐ世界の終わりが来て、その際、イエス・キリストが生身《なまみ》でよみがえり、異教徒を皆殺しにするっていうんだから」

私は耳をうたがった。

「イエス・キリストが生身の姿で生き返るっていうんですか!?」

「そうよ」

「いや、しかし、それは、あまりに……」

あまりに非科学的ではないか。

「そう、あんまりよね。でも、じつは、GATだけじゃないのよ、イエス・キリストが生身でよみがえるって信じてるのは。ま、信教の自由っていうやつだけどね」

もし仮《かり》にイエス・キリストが生き返ったとして、

そう名乗る人物が真物《ほんもの》だと、どうやって証明するのだろう。イエス・キリストの写真など存在しないし、指紋も歯型もＤＮＡも遺《のこ》されてはいない。

原理主義というと、すぐイスラム教の過激派を想いおこすが、キリスト教にだって排他的な原理主義者はいる。じつはアメリカという国は、その種の連中の巣窟《そうくつ》だし、意外なところでそういったものに出くわすこともあるのだ。

『ナルニア国物語』というイギリスの有名なファンタジー小説があって、映画にもなった。この作品はかなり保守的なキリスト教的世界観にもとづいて書かれたもので、あきらかにイスラム教を敵視したり女性に対して偏見を持った記述がある。その点に対する批判が欧米社会にはあるのだが、日本ではまったく問題にされなかった。日本は宗教に対して、よくいえば鷹揚《おうよう》だし、悪くいえば鈍感なので、『ナルニア国物語』も単なる異世界ファンタジーとして受容されたのだ。『指輪物語』の作者トールキンが『ナルニア国物語』をきらっていたとか、アメリカのキリスト教右派がこの本を政治的に利用したとかいう事実は、日本人には関係ないことだった。まあ実際、物語としてはおもしろいから、単にそれだけですませておくほうがオトナの態度かもしれない。

涼子がもどってきて、私をうながした。広い階段を上って、談話室《ラウンジ》風のロフトを通りぬけると、寝室や浴室のドアが並んでいる。予想というより覚悟していたとおり、私にあてがわれたのはジャッキー若林の隣室だった。屋根裏部屋らしくつくられているが、床も窓も広さは充分だし、ヨーロッパの民芸品風に統一された調度品も文句をつける余地はない。

「ひとりですこし散歩してきたいんですが」

「ひとりで散歩？」

涼子の柳眉《りゅうび》が不機嫌そうなカーブを描きかける。すかさずジャッキーが口をはさんだ。

「ダメよ、涼子ちゃん、すこしはジュンちゃんを放し飼いにしてあげなきゃ」

しかたなさそうに、涼子はうなずく。

「そうね。じゃ、泉田クン、昼食のあと四時までは自由行動していいわよ。ただ、道に迷ったりしたら、みっともないからね」

いろいろいいたいこともあったが、私はつくり笑いで、散歩する権利を守った。散歩するのに警察手帳はいらないから、ナイトテーブルの抽斗《ひきだし》に放りこむ。

「バーゼル風シチュー」と四種類のパンと六種類のジャムという昼食がすむと、私は上司の公認のもと、散歩に出た。

たのむから何事もおこらないでくれ。

歩きながら私は祈った。神でも仏でも悪魔でも妖怪でも、とりあえず、涼子と兇事《マガゴト》との友好関係を破壊してくれたら、その何者かを信じるにヤブサカではない。

しかし、私の祈りはかなえられなかった。祈りの対象をしぼらなかったのがまずかったのか。祈りの内容がだいそれたものだったのか。唯物論者が正しくて、神も仏も実在しないのか。

真実はわからないが、私の考えが甘かったことだけはたしかだ。事件は、パーティーがはじまるよりずっと前におこった。しかも私自身の上に。

薬師寺家の別荘を出て、落葉松《からまつ》の樹々にはさまれた道を、ほんの三〇秒ほど歩いたとき。

いきなり背後で音がひびいて、それが急ブレーキの音だと気づいたとき、私の身体は宙に浮いていた。

第二章　勝手にしやがれ

I

　完全に意識をうしなったわけではない。さまざまな光景が眼前を通過していき、音声も聞こえた。ただ、統一感を持ったストーリーを自力で組み立てることができず、したがって現実感もなくて、何だか一〇〇メートルも離れたスクリーンで上映されている白黒《モノクロ》の映画を、眠い眼をこすりながら見ているような案配《あんばい》だった。

　幽体離脱《ゆうたいりだつ》していたとも思えないが、私は自分の身体が何人かの男たちによってかかえあげられる光景を見た。あきらかに変なのは、切れた額《ひたい》から血を流しながら私が両眼を閉じていたことで、そんな光景が見えるのは二重におかしいのである。

　それからも現実感のない映像が上下左右に揺れ動いて、ようやくおちついたとき、私はベッドに寝ていた。左腕から細い透明なチューブが伸びて、点滴《てんてき》用のスタンドにつながっていたが、ベッドは病院によくあるパイプベッドではなく、どうもマホガニー製らしいりっぱなものだった。

　自由な右手を額にあてると、皮膚ではなく繊維《せんい》に触れた。包帯を巻かれているらしい。できるだけゆっくり上半身を起こし、着ているパジャマの袖《そで》や胸をつくづくながめる。

　私のパジャマではなかった。こんな高価そうな絹《シルク》のパジャマなど、私は持ちあわせていない。知らぬ間に誰かに着せられた、と思うと、鋭い怒りと不快感におそわれた。

　私は点滴の針を抜きとった。一瞬、皮膚の表面に小さな赤い粒が浮かぶ。舌先でふきとった。我ながら子どもっぽいと思うが、これが一番だ。

素足をカーペットにつけ、慎重に床に立つ。身体の各処《かくしょ》に痛みが走ったが、充分に耐えられるし、動くこともできる。

ベッドから五歩ほど離れた円卓は、これまたマホガニー製のようだ。私の服のポケットにいれてあったものが、きちんとそろえて置いてある。財布に運転免許証にハンカチにティッシュ。だがひとつ欠けていた。

携帯電話がない。

私は自分の全生活を委《ゆだ》ねきるほど電話会社を信用していないので、所有する携帯電話の機能もごくシンプルなものだ。緊急の連絡以外には、いっさい使わない。つまり現在、私は外部との連絡を絶たれた状態ということになる。室内に電話機も置かれてないのだ。

私は鏡の前に立った。額に白く包帯を巻き、顔色があまりよくないことをのぞくと、見なれた私の顔だった。パジャマの前面をはだけてみたのは、ナルシシズムとは関係ない。不気味な都市伝説を想《おも》い起こしたからである。眠らされている間に腎臓《じんぞう》を切除されていた、とかいうやつだ。

打撲の痕《あと》らしいあざはあったものの、刃物による傷は見あたらない。私は安堵《あんど》し、ついで、安堵したこと自体にいまいましさをおぼえた。

おちつけ、こんなことで浮足立《うきあしだ》つんじゃない。

あらためて室内を見まわす。おちついたイギリス風の調度品に、セピア色の壁紙。洋室なのだが、窓にはカーテンではなく障子《しょうじ》がはめこまれている。何だか大正時代ごろの洋館の一室みたいだ。

障子をすこし開いてみると、分厚そうな窓ガラスに直面した。その外には、緑と青の色彩がひろがっている。障子をさらに開き、ガラスごしに森と空をながめた。空は晴れているが、室内に日光は差しこんでいない。時刻が午後だとすれば、この部屋は東か北に向いているのだろう。

窓のサッシに手をかけようとしたとき、背後で硬い音がした。

振り向いた私の視界に、黒ずくめの男たちの姿が映った。ドアを開《あ》けて、三、四人が乱入してきたのだ。絶妙すぎるタイミングは、室内に監視カメラがあるのか、それ以外の方法で、ようすをうかがっていたのか。

すばやく身がまえようとしたが、腕やら肩やら背中やらの筋肉がいっせいに声のない悲鳴をあげたので、私は抵抗を断念した。男たちも、態度は威圧的だが、暴力をふるう気はなさそうだ。

彼らのたくましい肩の間から、若い女性の顔が見えた。

初対面の女性だった。そうにちがいない。それなのに、なぜか、以前に対面したような気がした。金褐色の髪、明るい碧眼、なかなかの美人だ。クリームイエローのワンピースが、すらりと優美な身体の線をきわだたせている。年齢は二五歳ぐらいか。

女性の口が開いた。

「英語がわかる?」

私は発声機能を英語バージョンに切りかえた。

「まあ何とか……」

「よかった」

「できるだけクリアに発音してくれ」

私は英文学科の卒業生だが、べつに優等生でもなかった。金褐色の髪をゆらしてうなずくと、女性は説明をはじめた。

「あなたはわたしの運転する車と接触して倒れたの。それでいそいでここへ運びこんだのだけど、たいしたことがなくて、ほんとによかったわ」

たいしたことがなかったのを喜んでくれるのはけっこうだが、私と「接触」した件に関して、謝罪する気はないらしい。

「ここは病院?」

「いえ、ホテルよ。わたしの母が借りきってるの」

「何というホテル?」

「さあ、何といったかしら」

私は彼女の表情を観察した。嘘をついているようには見えない。ほんとうにホテルの名を知らない、というより、そんなことに関心がないように見えた。頭が悪いというのではないが、どうも微妙にずれを感じさせる。

「あなたの名前は？」

そう問われて答えると、

「ジュン・イッチ・ロー……」

ものすごくいいにくそうだ。私の名前は国際標準に合致していないらしい。運転免許証にはローマ字表記がないし、漢字は読めるはずもないから、私の名前はこれまでわからなかったのだろう。

額の左側に、薄くて鋭い痛みを一瞬、感じた。そこに切り傷があるのだろう。痛覚がめざめたらしい。

「それで、君の名前は？」

「アーテミシア・ロートリッジよ」

一瞬の間を置いて、私はかるくのけぞった。

「それじゃ君の母親というのは、マイラ・ロートリッジか、UFAのオーナーの!?」

ロートリッジという姓がそうやたらと存在するとは思えない。ましておなじ時期に軽井沢のホテルを借りきる人物などいるはずがない。

既視感《デジャブー》の正体が明らかになった。アーテミシアと名乗る女性の母親を、私は目撃したのだ。つい数時間前に。母と娘なら、似ているのは不思議でも何でもない。私の眼前にいるのは、四半世紀ほど前のマイラ・ロートリッジだった。

「ええ、そうよ」

回答は短く、熱意に欠けていた。母親に対して、含むところがあるのかもしれないが、いま深入りしてもしかたない。私は指先で襟《えり》をつまんでみた。

「ええと、このパジャマは……」

「よく似あうわ」

アーテミシアの唇がほころんだ。

「サイズがぴったりでよかったわ。ありあわせのものだったんだけど」

涼子の言葉を思い出した。「イギリスの既製服が似あう身体つき」。私の数すくない取柄《とりえ》のひとつかもしれない。

「で、私の服は?」

「汚れてたし、洗濯しているところ」

「ありがとう」

礼をいう必要があるかどうか微妙だが、私はとりあえずそういった。やはり失調《しっちょう》気味で、最善の対応をとれているという確信が持てない。

「それはそれとして、どうして病院でなくホテルに?」

「日本の病院より、こちらのほうが信頼できるって……」

「君がそう思ってるのか」

「ドクター・モッシャーがそういったのよ」

「知らない人だな」

私の声に怒りと皮肉を感じとったのか、男たちが身じろぎする。わざとらしい咳払《せきばら》いの声がして、男たちの列が割れた。

いつからそこにいたのか、あらわれたのは、白衣の老人だった。いや、頭髪やブラシ状の口髭《くちひげ》が灰色だから、つい老人と思っただけで、意外に若いのかもしれない。私とおなじくらい背が高く、痩《や》せていて、動作はきびきびしている。銀縁眼鏡《メガネ》の奥から、ミルクチョコレート色の眼がするどく私を見すえていた。人間を見るというより、実験動物を観察する眼つきだ。

「医学博士スティーブ・モッシャーだ。ロートリッジ家の主治医をしている」

私に英語が理解できるかどうか、確認もしない。英語ができない者は、彼にとって、人間ではないのだろう。私は沈黙で応じたが、モッシャー博士と名乗った人物は、おかまいなしに話しつづけた。

「頑丈な男だ。額を切って四針ほど縫った他は、ごく単純な脳震盪《のうしんとう》と、何ヵ所かの打撲傷だけだからな。骨折もしておらん」

「ドクター・モッシャー、もうそのくらいでいいわ」

アーテミシアの声音が、私にはやや意外だった。敬意も信頼もなく、ひややかな嫌悪感に満ちているように感じられたのだ。

私は患者だった。負傷とは無関係に、犯罪捜査官症候群《シンドローム》という職業病の患者だ。だからつい観察の視線を、モッシャーという医師の顔に走らせてしまった。そうすると、へらへら笑いを浮かべた唇が目立つ。おどろくほど濃い赤で、まさか口紅《ルージュ》をひいているはずはないが、そう思いたくなる。人を外見だけで判断するのはよくないが、この医師に対して、私は薄気味悪さを感じずにいられなかった。

「いやいや、アーテミシア、この東洋人に知性らしきものがあるとすれば、わからせておくべきだよ。ロートリッジ家はグレートな富豪だが、ユスリやタカリには屈しない、ということをな。この男が要求できるのは、妥当《だとう》な金額の示談《じだん》金だけだ。わしが診《み》てやったんだから、治療費も要《い》らんし……」

「ドクター、ご心配なく、支払うのはあなたではなくて、ロートリッジ家ですから」

アーテミシアの声がひややかさを増したが、医師はおそれいるようすもなかった。

「アーテミシア、お前さんも、自分で車を運転するのは、すこしひかえたらいかがかな。オーブリー・ウィルコックスだったか、あのくだらん男と知りあったのも、事故がきっかけだったことだし……」

「ドクター！」

たまりかねたようなアーテミシアの声を聞きながら、私は憮然《ぶぜん》とした。

私の上司である薬師寺涼子は無謀運転の常習者だが、どういうわけか人身事故をおこしたことはない。アーテミシア・ロートリッジは涼子よりおとなしい人間に見えるのだが、ドライバーとしては涼子より危険なのだろうか。どうも世の中、危険だらけである。

モッシャー博士は赤すぎる唇の両端を吊《つ》りあげて笑うと、男たちにむけて顎《あご》をしゃくった。背中を見せて歩きはじめると、男たちが彼につづく。ドアが開いて閉ざされ、アーテミシアだけが残った。

II

「オーブリーって?」

私の短い問いに、アーテミシアは一枚の写真をとり出した。

「これがオーブリーの写真なの」

ありがたく、というほどでもなかったが、私はミスター・オーブリー・ウィルコックスの写真を拝見した。黒い髪をオールバックにし、眼は暗褐色で、まずハンサムといってよいが、鼻がすこし長すぎるようにも見える。表情を消しており、この写真から彼の為人《ひととなり》や知性を読みとるのはむずかしかった。

この人物について問おうとしたとき、アーテミシアがいきなり話題を変えた。

「ドクター・モッシャーがいろいろいったけど、気にしないでね、ジュン・イッチ・ロー、あなたには正当な示談金を支払うし、全快するまでここにいてくれればいいの。何も心配いらないわ」

私はうんざりした。アーテミシアはまじめに説明しているのだろうが、彼女の行為は事態をややこしくしただけだ。車ではねた相手を、公共の医療機関にもつれていかず、警察に事故を通報もせず、現場からつれさったのだから。すでに充分、警察沙汰《ざた》である。

私は溜息をついて、写真を返した。

「ほんとにややこしくなるよなあ……」

突然、私が姿を消して、薬師寺涼子はどう思っているだろう。散歩と称して逃げ出した、と誤解し、怒髪《どはつ》で天を衝《つ》いているのではないか。

頸《くび》すじに悪寒《おかん》をおぼえながら、私は円卓に歩み寄り、腕時計をとりあげた。なるほど、たいした事故ではなかった証拠に、腕時計は無事に動いている。時刻を確認すると、ちょうど五時だった。たしか四時には帰るようにいわれていたはずだ。そしてその理由は……。

思い出した。

「ミス・ロートリッジ！」

「アーテミシアでいいわ」

「アーテミシア、今日の夕方、このホテルでパーティーが開かれるだろう!?」

「ええ、六時から」

返事を聞いて、私は天井をあおいだ。思考の断片が極彩色に脳裏で舞いくるう。巨大な万華鏡《カレイドスコープ》のなかに放りこまれた気分だ。

私がいるホテルに、薬師寺涼子は乗りこんでくる。パーティーの招待客だから当然のことだ。私がいるとは知らずに乗りこんでくるわけだが、いったん乗りこんできたらどうなるやら。

まずい、こいつはまずいぞ。

私の心臓の表面に冷たい汗が噴き出してきた。すでに涼子のゴキゲンをそこねているのは明白だが、かてて加えて、もしこのホテルで彼女と出くわすことにでもなったらどうなるか。想像するだに、いや、想像もしたくない。

私はアーテミシアにせっぱつまった声をかけた。

「帰らせてくれ」

「ノー、全快してからでないと」

「普通に動けるから、もう帰してくれ。でないと、たいへんなことになる」

「仕事があるの？　でも、あなたは負傷者《けがにん》なのよ。仕事を休んだとしても不可抗力《ふかこうりょく》だったということは、ロートリッジ家が証明するわ」

「君は私の上司を知らないから、そういうことがいえるんだ」

「上司？　そういえば、あなたの職業は？」

「……公僕《パブリック・サーバント》」

答えながら、私は内心で天に感謝した。警察手帳を置いてきてよかった。あれを見られたら、さらにややこしいことになる。現状でも充分ややこしいのだから。

こまったことに、ロートリッジ家のご令嬢は、自分の善意でさらに事態をややこしくしようとしている。

とりあえず私は小さなことから要求することにしてみた。

「携帯電話があったろう、あれを返してくれないか」

「携帯電話ね、ああ、あったけど」

「けど?」

「こわれていたので、捨ててしまったわ」

「…………」

「でも心配ないわ。あなたには、もっといい携帯電話を買ってあげるから」

私に向ける笑顔が、無邪気というよりうつろだ。

「気前のいいことで」

皮肉をいってみたが、日本語だったので、たぶん通じなかっただろう。

これが薬師寺涼子だったら、「とぼけるのもいいかげんにしてください」といってやれるのだ。私の上司はさまざまな意味でとんでもない女性ではあるが、会話のチャンネルをあわせることはできる。だが、アーテミシア・ロートリッジが相手だと、なぜか波長があわないのだ。

彼女の知能が低いとは思わない。後日、知ったことだが、プリンストン大学を優秀な成績で卒業している。だがどうにも会話がかみあわない。

力ずくで部屋を出るとしても、戦力の比較検討が必要である。黒ずくめの男たちの品さだめをはじめようとしたとき、ノックの音がした。

男たちのひとりがドアを開けると、ワゴンを押しながらはいってきたのは若いメイドだ。緑のワンピースに白いエプロン。

そのメイドは外国人かもしれない。黒絹のような髪に、小麦色の肌、黒曜石みたいな瞳、まるで天使のように愛らしく……。

あやうく口から飛び出しかけた声を、間一髪《かんいっぱつ》で私はのみこんだ。メイドが視線で私の口を封じたのだ。そう、彼女は薬師寺涼子の忠実な臣下マリアンヌ嬢であった。

「スープと果物を運ばせたわ、ジュン・イッチ・ロー、点滴はもう必要ないみたいだし、といっていきなり重い食事もね。これを食べて、またひと眠りなさい。目がさめたら、もっと気分がよくなってるわ」

好意の押しつけとは、まさにこのこと。返答する気にもなれずマリアンヌを見ると、微笑して私にナプキンを手渡した。たたんだナプキンの間に小さなカード。さりげなく視線を落とすと、

「助け出すからいい子で待っておいで」

一行分の空白につづいて、

「高くつくわよ」

日本語で書かれていたので、アメリカ人たちは文字とすら思わなかったかもしれない。署名はないが、そんな必要もなかった。

これはもう何とか自力で脱出しなくてはならない。黒魔術を駆使したとしか思えないが、涼子は私がつれ去られたことを知り、救出という名目で再拉致《さいらち》するため、まず私マリアンヌを派遣したのだ。先遣隊《せんけんたい》の報告を受けて、本隊が動き出すだろう。その本隊というのは、外見こそ傾国絶色《けいこくぜっしょく》の美女だが、正体は、怒りくるうティラノザウルスである。

追いつめられたステゴザウルスの心境で、私は思案をめぐらせた。

黒ずくめの男たちは四人。いずれも筋骨《きんこつ》たくましい。ふたりは私より背が低いが、身体の幅は広い。海兵隊あがりのボディガード、それとも「民間軍事会社」とやらのスタッフだろうか。白手《すで》で一対一な

らおくれはとらないつもりだが、一対四の上、こちらのコンディションは最悪だ。

マリアンヌを勘定にいれなかったのは、彼女が去った後で行動をおこすつもりだったからである。ところが今日の私は、このていどの計算さえ思うようにいかない運命だった。

マリアンヌが円卓の上に食器を並べはじめた。スープ皿にスプーン、フォークに果物ナイフ。大皿の果物はメロンとマスカットとビワとイチゴ。まだ並べ終えないうちに、男たちのひとりがよけいな行動に出た。サングラスをかけていたので、そいつの陰《いん》険《けん》な目つきを見落としたのだ。

「おい、見てたぞ、いま何を手渡した!?」

左手で私を指さし、右手でマリアンヌの華奢《きゃしゃ》な右手首をつかむ。いや、つかみかけたとたん、その手は払いのけられていた。美少女メイドはカナリアの皮をかぶったハヤブサだったのだ。

つぎの一瞬、マリアンヌの右手に果物ナイフが握られ、銀色の光を放ちつつ、アーテミシアの顎《あご》の下に擬《ぎ》せられていた。男たちが短く怒声《どせい》をあげる。天性か経験か、マリアンヌは闘いの要諦《ようてい》をわきまえていた。多数が相手のときには、最重要人物を人質にとるべし、ということを。

勇敢な美少女メイドが、極端な形で事態をはっきりさせてくれたので、温厚な平和主義者である私も、ついに穏便《おんびん》な解決を断念した。マリアンヌに向けて一歩すすむと、男のひとりが私をさえぎる。当然ながら、私を人質にして「兇悪な」美少女に対抗する気らしい。

私はつい先刻までベッドで点滴を受けていた身だ。パジャマ姿で頭に包帯を巻いている。単純な力の信奉者たちが油断するのは当然だった。

相手に押されるふりをして、私は大きく一歩しりぞいた。しりぞきながら右手で相手の左腕をつかむ。力をこめて引くと同時に、左脚で相手の右脚を払った。

バランスさえくずせば、こちらの勝ちだ。一瞬、宙に浮いた相手が、床をとどろかせて転倒する。私は彼が倒れかかってくるのを何とか回避して、身体の向きを変えた。

マリアンヌが綺麗《きれい》な脚をあげて、ワゴンを蹴った。まさに彼女につかみかかろうとしていた男ふたりが、滑走するワゴンに衝突する。けたたましい音が天井《てんじょう》に反響した。ひとりはもんどりうって背中から床に墜《お》ち、もうひとりはワゴンを抱きかかえる形でひっくりかえる。皿にナイフ、フォーク、スプーンが床に散乱した。

四人めの男が悲鳴を発して顔をおおう。私がコンソメスープの深皿を投げつけ、内容物《なかみ》を頭からあびたからだ。彼の手から黒いものが落ちた。殴打用《おうだ》の兇器ブラックジャックだ。それは所有者自身の足の甲を打って、あらたな苦痛をあたえた。

アーテミシアが悲痛な視線を私に向ける。

何だか私は自分が女たらしの悪党になってしまったような気がした。だが、あくまでも気のせいだ。マリアンヌがアーテミシアを突きとばし、私の手をとる。

私たちはドアから飛び出した。

III

音がしないのが不思議《ふしぎ》なほどの勢いで、霧が白くホテルをのみこんでいく。

碓氷峠《うすいとうげ》からおりてくるこの霧は、天然のクーラーで、一挙に五度Cほども気温が下がるのだという。たしかに、涼しさを通りこして肌寒くなってきた。

霧の拡大につれ、あちらこちらで庭園灯が青白く点《とも》りはじめる。すると霧全体が蒼《あお》みをおびて光り、夢幻的な黄昏《たそがれ》の風景を描き出していく。

うっとりと見とれていたいところだが、冷気に刺激されてクシャミが出そうになり、私は両手で顔の下半分をおさえた。このていどの動作でさえ、肩やら胸やら背中やらの痛みを誘発する。

マリアンヌは人気《ひとけ》のない従業員用の通路を走り、リネン室のドアを開けると、私をそこに押しこむようにした。

「ここにいてください、ムッシュ。すぐミレディを呼んできますから」

私にもどうにかわかるフランス語でそういって、マリアンヌは左右をたしかめ、リネン室の扉を閉めた。

マリアンヌには悪いが、私はその場で待つつもりはない。彼女の軽快な足音が遠ざかると、すぐリネン室を出た。廊下の壁面にかかったプレートが、ホテルの名を私に教えた。

三笠《みかさ》の森《もり》ホテル。たしか旧軽井沢の奥にあり、大正時代から昭和前期にかけて上流階級の夏の社交場として盛名《せいめい》をはせたクラシック・ホテルだ。一時、閉鎖されていたが、外国資本が買収し、全面的に修復して営業再開した、と、ガイドブックには書いてあった。どうりで「古き良き洋館」風なわけだ。外国資本とやらには、どうせロートリッジ家の息がかかっているにちがいない。

落葉松《からまつ》林と芝生《しばふ》の庭が、窓の外にどこまでも展《ひろ》がっているようだ。人目を避けながら、私は、そっと廊下を歩いた。

やはり私は平常心をうしなっていたのである。というのも、私自身は何ら犯罪行為をしてはいないのだから、むしろ堂々とふるまって、警備の警官に見つけられたほうがよかったのだ。事態が公然化《オオヤケ》になってこまるのは、ロートリッジ家のほうなのである。

相手がロートリッジ家だけであったら、私も冷静に判断できたと思う。だが、「お涼に見つかったらまずい」という焦慮《しょうりょ》のほうが先に立って、私を誤《あやま》らせた。なぜそこで必要以上にあせったか、私の心理的事情については、「ドラよけお涼」の犠牲者たちが理解してくれるにちがいない。

私は従業員用通路から客用廊下へとつづいているであろうドアを開けた。静かに手前に引いたつもりだったが、そこに誰かが背中を向けて立っていたのだ。その人物は振り向こうとした。黒い髪が揺れる。

私は反射的にその人物の口をおさえようとしたが、女性とさとって動きを急停止した。つぎの瞬間、両眼から火花が飛んだ。力いっぱいの平手打ちを頬にくらったのだ。

「泉田警部補!?」

低くそう叫んだのは、私の旧知《きゅうち》の女性だった。警視庁警備部の参事官で、わが上司とは東大法学部で同級だった室町由紀子《むろまちゆきこ》警視である。白皙《はくせき》の顔に黒絹の髪。眼鏡の奥から黒い瞳が茫然《ぼうぜん》と私を見すえている。

「む、室町警視!?」

私はあえいだ。

「どうしてこんなところに!?」

疑問を呈《てい》したのは同時だったが、説明の必要を感じたのは私のほうだった。

「これには深い事情がありまして……」

「そうでしょうね。でも、できるだけ短く、はっきりと納得させてもらわないと、わたしもなぐったことをおわびできないわ」

もっともだ。私はあわや警視庁の幹部の口をおさえるところだったのである。

「私は車ではねられて、このホテルにつれこまれて、ついいましがたまで客室に閉じこめられていたんです」

アラスジとは、要所だけ押さえて話せばいいのだ。二〇秒ていどで話し終えた。同時に廊下の角から声がかかった。

「そこにいるのは誰ですか。一般の人は立入禁止ですが」

すぐに一歩踏み出して、由紀子は、制服警官らしいふたつの影に答えた。

「警視庁警備部の室町警視です。こちらには何もあやしい者はおりません」

「はっ、失礼しました」

制服警官ふたりのシルエットが、敬礼のポーズをとった後、遠ざかっていく。

振り向いて由紀子が苦笑したようだった。

「嘘をついたわけではないわ。あなたはあやしい人物ではないものね。なぐったりして、ごめんなさい」

「おそれいります」

「でも、情況としては、かなりあやしいわね」

そのとおりだ。知人にすらいちいち説明と弁明をほどこさなくてはならないのだから、しんどいことである。どんなに高価だろうと、パジャマはパジャマだ。

またしても冷気がおそいかかってきて、私は顔の下半分をおさえた。

「で、室町警視は……」

「わたしは警備部の人間よ」

「ああ、そうか、誰か要人が来てるんですね」

あたりまえの話だ、政財界の要人をあつめてパーティーを開くのだから。どうにも笑うしかないのは、私の上司が、要人として招待されているという事実である。

「そうだ、おどろかないでください、そもそも私が軽井沢に来た理由なんですが」

こちらの理由も手短《てみじか》に告げる。由紀子の表情は、シロアリの群れに白手《すで》で出会った害虫駆除会社の社員みたいだった。

「そう、お涼が来てるのね」

「どうもすみません」

「あなたがあやまることないけど、何の用かしら」

「休暇だそうで」

「表向きはね。で、真の目的は?」

「私もそれを知りたいんです」

とても警察官どうし、上司や同僚について会話しているとは思えない。だが「ドラよけお涼」こと薬師寺涼子は警視庁にとって災厄と陰謀の代名詞なのだ。

　額に手をあてた由紀子が私を見やった。

「痛むみたいね、だいじょうぶ？」

「いえ、たいしたことはありません。骨折もしてませんし、単なる打撲です」

「だといいけど、気をつけてね」

「ありがとうございます」

　どう気をつければいいかわからないが、すなおに礼を述べておく。

「わたしはもういかなくては……大臣やら県警本部長やらがやって来るし」

「どうぞ、お仕事にもどってください」

「あなたを放っておくのは心ぐるしいけど……」

「見逃《みのが》していただいただけで充分です」

　由紀子はうなずき、表情をあらためた。

「車ではねておいて被害者を病院にもつれていかないなんて、何かよっぽどの事情がロートリッジ家にはあるんでしょう。いずれ白日《はくじつ》の下にさらす必要があるわ。それじゃ、くれぐれも気をつけて」

　もう一度、私を案じる言葉を残して、由紀子は立ち去った。私はひとつ溜息をついた。とりあえず由紀子が去った方角と反対の廊下を歩き出す。

　たった五秒後、私は、「間一髪」という言葉の意味を思い知ることになった。角から出現した赤い人影が、声の爆弾を投げつけて来たのだ。

「い・ず・み・だ！」

　私の反応は、地球人らしからぬものだった。聴覚神経と手足とが、脳を経由せずに直結したのだ。私は身をひるがえしたが、痛みにおそわれて、走るどころか一歩あるいただけで、すばやくまわりこんだリュシエンヌとマリアンヌに行手《ゆくて》をさえぎられてしまった。

　立ちつくした私の肩を、薬師寺涼子がひっつかむ。

「何で逃げるのよ！」

「に、逃げたりしませんよ」

「いいや、いま、まわれ右しようとした。上司がわざわざ助けに来てやったのに、その態度は何だ、この恩知らず！」

私は全面降伏の意思を両手でしめし、つくづくと彼女をながめやった。

ワインレッドのカクテルドレスが、溜息をつきたくなるほどよく似あう。極上の大理石で造形されたような質感の頸《くび》から胸にかけて、白っぽくかがやくネックレスがあでやかだが、何の宝石かは見当もつかない。

「何とかいったらどう？」

「え、えーと、すてきなネックレスですね」

「何の石かわかる？」

「ダイヤ、いや、真珠……」

「月長石《ムーンストーン》よッ」

「そ、そうですか、お似あいです」

「口調にマゴコロがこもってない！」

涼子の左右にふたりの美少女がもどっている。もちろん忠実なメイドたちだが、着ているのはメイド服ではなかった。

マリアンヌは真珠色の、リュシエンヌは翡翠色の、デザインはおなじパーティードレスだ。まことに清楚《せいそ》で愛らしい。マリアンヌはずいぶんすばやく着替えたものだ。

「せっかく助けにやってきたのに、ほんと、助け甲斐《がい》のない男だこと」

私を見るマリアンヌの眼が、気の毒そうでもあり、彼女に無断でリネン室から逃走したことをとがめるようでもある。しかし、だいたい私は被害者ではないか。頭には包帯を巻き、全身何ヵ所もの傷がうずく身で、なぜ責めたてられなくてはならないのだ。

「天罰よ」

「天罰!? 私がいったい何をしたっていうんです

か」

「胸に手をあてて、よおっく考えてごらん。人の善意を踏みにじったことはないか。人の好意を曲解したことはないか。人の誠意をムゲにしりぞけたことはないか」

「…………」

「どうだ、身にオボエがあるだろ」

「いや、そんなことをいわれても……」

　私は聖人でも賢者でもないから、オコナイのすべてが正しい、と断言する自信はない。反省すべき点はいくらでもあると思うが、よりによって「ドラよけお涼」から人の倫《みち》についてお説教されるとは。今回これが私にとって最大の痛手《いたで》といえよう。

　またも人影が近づいてきた。制服警官だ。涼子の声が聞こえたにちがいない。奇妙な男女四人組の姿を見て何かいおうとする。

「あら《ハロウ》、お疲れみたい《ユー・ルック・タイアード》ね」

　流れるような英語で、涼子は、制服警官の機先を制した。

「もうすぐパーティーが始まる《アズ・スン・アズ・パーティー・ビギン》わ。関係者以外、通《アンレス・ユー・アー・パーテ》しちゃダメよ《イー・スタッフ・ドント・ゴー・スルー・ヒア》」

　高原の陽光を受けたバラさながらの笑顔を向ける。外国人の接客に慣れたホテル関係者なら対応できたかもしれないが、おそらく県警本部長のために駆り出されてきただけの警官では、ことなかれでいくしかなかった。

「あ、ど、どうぞ、お通りください」

「サンキュー」

　気前よくウィンクまでしてみせて、魔女国《ウイッチランド》の女王陛下は歩き出す。通れといわれたのだから、この場を離れるしかないわけだ。

　警官はパジャマ姿の私に対してはあきらかに猜疑《さいぎ》の眼を向けたが、天使の微笑を浮かべたリュシエンヌとマリアンヌが左右から私をはさんで歩き出したので、何もいえなかった。彼の前を通りすぎた後、

「コスプレってやつかな」と、自分を納得させる独《ひとり》

語《ごと》が聞こえた。

　廊下の角をまがると、涼子があらためて私をにらんだ。

「だいたいパジャマなんて着て、何してたのよ。正直にいってごらん」

「点滴です」

　正直に事実を答えると、涼子はまばたきし、「ソウダ、コウイウヤツダッタ」と聞こえるつぶやきを発した。

「とにかく、そんな趣味の悪いパジャマ、ぬいでおしまい」

「ぬいだら着るものがありません」

「まったくもう、手のかかる男ね」

　舌打ちして、涼子は、人目につきにくい位置にあるドアを開けた。四人全員がすべりこむと、リュシエンヌに命じて、壁ぎわに置かれていた大きなバッグを開けさせる。

「泉田クンのパーティー用の衣装、ひとそろい持ってきてあるから着替えなさい」

　誰のデスクか知らないが、タキシード・スーツにシャツに蝶ネクタイと、つぎつぎ積《つ》みあげられていく。

「どうしたの、さっさと着替えなさいよ」

「向こうをむいていてください」

「何で？」

「パジャマをぬぐのも、タキシードを着るのも、自分ひとりでできるからです」

「フン、ナマイキな」

　涼子は私に背中を見せ、ふたりのメイドも女主人《ミレディ》に倣《なら》った。もしドアを開ける者がいたら、カクテルドレスの美女に一喝《いっかつ》されて退散することになっただろう。あわただしく私はパジャマをぬいだ。

　着せかえ人形も、こんな痛い思いをしているんだろうか。くだらないことを考えて痛みをまぎらわせながら、どうにかタキシードを着こみ、靴まではいて、外見だけはととのえた。パーティーの出席者らしくないのは、額の包帯だけである。

「終わりました」

振り向くなり、涼子は指をあげた。

「髪が乱れてる」

あわてて私は掌《てのひら》で髪をなでつけた。涼子がわざとらしく頭を振ってみせる。

「まったく外見だけは、パーティーやオペラ見物のオトモにふさわしいんだけどね、君は」

どう答えても皮肉と釈《と》られそうなので、私は別のことを口にした。

「パジャマはどうしましょうか」

「すてておしまい！」

一喝すると、涼子は、手を振って合図した。マリアンヌがパジャマを手にして、部屋の隅にある竹製のクズカゴに放りこむ。罪のないパジャマに、心のなかで私は手をあわせた。

タキシードなどすすんで着る気にはなれない代物《しろもの》だが、パジャマを着ているときより気分が引きしまる効能はあるようだ。とりあえず、疑問を解消することにした。

「どうもご迷惑をおかけしてすみません。マリアンヌとリュシエンヌにもですが、いったいどうやってこのホテルだとわかったんです？」

「急報があったのよ。背の高い男が、ロートリッジ家の手でホテルに運びこまれたって」

瞬時に私は情況を理解することができた。

「つまり、このホテルにも、あなたのスパイがいるんですね」

「スパイっていうのはやめてよ、人聞きの悪い」

「じゃ何といえばいいんです？」

「私設ＣＩＡ」

「もっと人聞きが悪いじゃないですか」

「あら、日本人の半分は、アメリカ中央情報部《CIA》を正義の味方だと信じてるわよ。少女マンガにだって善玉で登場するわ。ＣＩＡに殺された連中がさぞ喜んでくれるでしょうよ」

私は話題を変えた。

「その人はベルボーイですか、コンシェルジュですか」

「この部屋の主」

涼子が指さしたドアには、化粧ガラスの部分に、左右を逆にして「支ᯆ人室」と記されていた。私は諒解《りょうかい》した。今度は私が事情を説明する番だ。由紀子に二〇秒で話したことを、五分かけて話せばいいはずだった。

Ⅳ

私が語り終えると、涼子はたちまち怒気《どき》を発した。

「すると何か、その女は、気に入った男を見つけたら、車ではねて自分の家に引っぱりこむのかッ!?」

どなってから、なぜか腕を組む。

「チッ、その策《て》があったか」

「え?」

「何でもないわよ。だいたい君は……」

私を難詰《なんきつ》しようとして、涼子は中止した。脇腹の打撲傷がズキンとうずいて、私は思わず掌《てのひら》でおさえつつ顔をしかめた。涼子が私の表情をのぞきこむ。

「痛いの?」

「いや……」

もちろん痛いが、そうはいえない。だいじょうぶです、といおうとしたとき、「支ᯆ人室」の四文字が大きく動いた。

靴音も荒々しく、黒ずくめの男たちが乱入してきた。いや、それほど広い部屋でもないので、ドアの前後にひしめきあっている。それが窮屈《きゅうくつ》そうに左右に割れると、あらわれたのはアーテミシアだった。涼子がかるく眼を細め、静かな声に噴火の予兆をたたえて英語で声をかける。

「そこをおどき」

「どかないわ」

「フン、あんたがロートリッジ家のドラ娘ね。あた《マ》し《イ・》の臣下《マン》にケガさせたあげく軟禁するとは、どういうつもりさ。相手が日本人やイラク人なら何やってもいいと思ってるの、ええ!? さすが国技《こくぎ》が戦争ってやつらは、やることがちがうわよね！」

日本国の首相や外務大臣がこの場にいたら、卒倒するにちがいない。

「ジュン・イッチ・ローにケガをさせたのはわたしだから……」

「そのとおりよ。いまさら宣告して、どうする気なのさ」

「だから、ジュン・イッチ・ローが全快するまで、責任をもって、わたしがあずかる、といってるのよ。そのていどのこと、わからないの」

「何がジュン・イッチ・ローよ。あたしのモノを、なれなれしく呼びすてするんじゃない！」

私はあなたのモノではありません。そういいたいのだが、激突する火花の前には、口をはさむ余地などなかった。

何だか表面だけ見ていると、日米ふたりの美女に争奪されている色男の図だ。だが表面的な現象が虹色にかがやいていても、一枚めくれば灰色の真実があらわれる。私の立場はせいぜい飼主に虐待されるペットというところだろう。

「かわいそうなジュン・イッチ・ロー、こんな兇暴な女に支配されて、生きながら地獄の毎日なのね」

「誰が兇暴だ、コラ、勝手に話をつくるな。こいつは世界一シアワセな男なんだから！」

私の上司も、勝手に話をつくる女性なのであった。マリアンヌとリュシエンヌは、女主人《ミレディ》の命令一《いっ》下《か》、戦闘開始の構えだ。マリアンヌの姿に気づいてささやきあうのは、つい先刻、彼女に敗北した男たちだろう。

それにしても、アーテミシアの容姿《ようし》は美しいのに、無彩色の絵のように感じられるのはなぜだろう。

　涼子の美しさが躍動する生命力の結晶だとすれば、アーテミシアの美しさは青白くゆらめく蜃気楼《しんきろう》を想わせる。何だか実体のない影のようだ。

「とにかく、あたしは泉田クンをつれて帰る。妨害できると思うなら、やってごらん」

　涼子は元気がいい。というより、やたらと景気がいい。彼女といっしょにいると、私も負ける気がしなくなってくる。どうも主客転倒《しゅかくてんとう》の気味はあるけど。

　涼子はカクテルドレスに手を走らせた。白い繊手《せんしゅ》にかかげたのは、権力のシンボル警察手帳だ。奇術師も拍手しそうな手さばきだが、どこに隠していたのだろう。

「わたしは日本国の警察官なんだからね！」

　警察《ポリス》という単語にも、アーテミシアはさしたる反応をしめさなかったが、黒ずくめの男たちはさすがにたじろいだ。要人を招いてのパーティーの当日、ポリスとの間にトラブルが生《しょう》じるのはいくら何でもまずいだろう。

「みんな、何してるの、ジュン・イッチ・ローをあの兇暴な女からとりかえすのよ！」

「いいかげんにしなさい、アーテミシア」

　聞きおぼえのある声が冷たくひびいた。

「でないと、お母さん《ユア・マザー》にいいつけるぞ。その男はあきらめて、さっさと立ち去らせることだ」

　みるみる蒼白になってアーテミシアは立ちすくむ。ドアの前にたたずむ薄よごれた白衣を見て、涼子が一段と表情をとがらせた。

「あれ、誰？」

「モッシャー医学博士だそうです、主治医の」

「モッシャー？　ふうん、あいつが」

　その口調に、私は聞きすごせないものを感じた。

「ご存じなんですか」

「まあね」

　短く涼子が答えたとき、蒼白な顔のアーテミシアが支配人室を出ようとするのが見えた。身体が揺れて、酔っぱらっているかのようだ。このような人物を、過去にも私は見たことがある。極端な恐怖が平衡感覚をうしなわせるのだ。それほどアーテミシアは母親を恐れているのか。おどろかずにいられなかった。

黒ずくめの男たちが若い女主人を半ばかこんで出ていく。白衣のモッシャー博士は、錆《さ》びた剃刀《かみそり》みたいな眼光で室内をひとなでするると、口もとをゆがめて踵《きびす》を返した。涼子を見たにちがいないが、反応はしめさなかった。

支配人室に残されたのは私たち四人だけだが、不機嫌そうにうなり声をあげて、涼子がハイヒールの踵《かかと》で床を蹴った。

「どうしたんです?」

「このまま帰っちゃうのは、ちょっと気がすまないのよね」

「そんなこといってる場合ですか」

「火でもつけてやろうか」

「やめてください、日本国内で破壊活動をおこなうのは」

「なに平和主義者ぶってるの。あたしは人権を侵害された日本人のために、毅《き》然《ぜん》たる対応をとろうとしているだけよ。当の被害者が足ひっぱってどうするのさ」

「わかりましたよ。どうぞあなたのお気に召すままに」

私は溜息とともにそういった。

「お気に召すまま」と「勝手にしやがれ」はおなじ意味だが、印象はまったくちがう。昨日だったか、あつかった事件の報告書を裁判資料としてまとめていた丸岡《まるおか》警部が、妙なことに感心していたものだ。

「日本語ってやつはおもしろいね。『人妻の午睡《ごすい》』と『主婦の昼寝』とでは、意味がおなじなのに、全然イメージがちがうんだから」

まったく、そのとおりだった。

第三章　赤いドレスの女

I

　妙に博学《はくがく》なところのある涼子によれば、アーテミシアとは、古代カリア王国の女王さまの名前なんだそうである。紀元前五世紀、ペルシア皇帝クセルクセス一世のギリシア遠征に船団をひきいて参加し、サラミスの大海戦でギリシア艦隊と激闘をまじえた。海戦それ自体は、世界史の教科書で習ったように、ギリシアが勝つのだが、アーテミシアの船団は敵を蹴散らして堂々と引きあげていった。その勇戦《ゆうせん》ぶりにギリシア軍も気をのまれ、追撃を断念して見送ったという。


「ギリシアの男どものなさけなさよ。女の乗った船に手も足も出せぬとは」

　高笑いをのこしてアーテミシアはエーゲ海を東へと去っていったそうだが、帰還した後のことは記録にない。

「ずいぶんと豪快な女《ひと》だったんですね」

「そうよ。だからいってるの、アーテミシアなんて、あの何だかフワフワした女には似あわない名だって」

　たしかにそうだろう。アーテミシアなどという名は、むしろ私の上司にふさわしいかもしれない。男どもを蹴散らして高笑いするあたりが特に。

　この夜、私が正当にあつかわれるとしたら、温泉にでも浸《つ》かってゆっくりと眠ることだったにちがいない。だが私の上司からすれば、夜はまだはじまったばかりだった。

　霧につつまれた洋館風のホテルには、つぎつぎと車が到着し、貴紳淑女《きしんしゅくじょ》の群れが玄関からはいって来る。知性や品格についてはよく知らないが、権勢や知名度では日本でもトップクラスの人たちだ。

カクテルドレス姿の涼子と腕を組まされて、私はパーティー会場に足を踏みいれた。高い天井《てんじょう》には年代物のシャンデリアが白くきらめき、何とルネサンス風の天井画まで描かれている。修復をかさねられているのだろうが、ラッパを吹く天使の集団が描かれていた。

室町由紀子の姿がないので、ひそかに私は安堵《あんど》した。たぶん建物の外で警官たちをとりしきっているのだろう。

自分にそそがれる賛美や好奇の眼を無視して、涼子は獲物を求める視線を八方に向けていたが、皮肉っぽくつぶやいた。

「あら、『歩く肉マン中身なし』だ」

雪ダルマみたいな体形をした初老の男だ。頭も顔も血色《けっしょく》よくテカテカと光っている。恐竜の卵を立てたような胴体に、短い手足。頸《くび》は短かすぎて、ないにひとしく、頭と胴が直接くっついているように見えた。

「ああ、改革真理党《かいかくしんりとう》の助部《すけべ》幹事長ですね」

涼子はずいぶんひどい呼びかたをしているが、農林水産大臣などをつとめた大物にはちがいない。

涼子はワゴンを押しているウェイターを呼びよせると、私にミネラルウォーターを手渡した。

「アルコールは傷によくないからね、ミネラルウォーターにしておきなさい」

「どうも」

「終わったらゆっくり眠らせてあげるから、もうちょっとだけ根性《コンジョウ》出して立ってるのよ」

「わかりました」

私は体内にある根性タンクの蛇口《じゃぐち》をゆるめて、背筋を伸ばした。涼子はふたりのメイドにサングリア、自分自身にはシャンペンを求めて、優雅な手つきでグラスを持つ。

大広間の入口にざわめきが生《しょう》じて、ひとかたまりの男女がはいってきた。半数は黒ずくめの男たちで、私は緊張せざるをえなかったが、彼らはひたすら輪の中心にいる人物を守っているようだ。

マイラ・ロートリッジだった。アーテミシアの母親で、UFA《ユーファ》のオーナーだ。ロイヤルパープルのカクテルドレス。むき出しの肩や腕は、白くつややかで、まだ充分に若々しい。私は彼女の左右を注視《ちゅうし》したが、娘のアーテミシアはいないようだった。

さっそく涼子が進み出て、ロートリッジ家のご令嬢の教育法にイチャモンをつけるかと思ったのだが、沈黙して見守っている。めずらしいことに、観察を優先させているようだ。

「歩く肉マン中身なし」と涼子に酷評された助部幹事長が、肥《ふと》った身体をころがしてマイラに接近した。もちろん通訳を介《かい》してだが、しきりにお愛想《あいそ》をならべたてているようだ。もと農林水産大臣だから、ロートリッジ家の所有するUFAとは何か因縁があるのだろう。

涼子が悪意をこめてつぶやいた。

「黄金天使寺院《GAT》のフォルエル牧師に、UFA首席副社長のカプラン、UFAジャパン社長の廣池《ひろいけ》、顧問弁護士のクラウトハマーか。マイラ・ロートリッジの取り巻きどもが総出演ね」

私は奇妙な感覚にとらわれた。いま涼子が列挙《れっきょ》した人名のなかで、誰かが欠けているような気がしたからだ。

「どうかしたの、泉田クン」

涼子の声に刺激されて、私は、「誰か」の解答を見出した。

「あ、つまらないことですが、ちょっと気になりまして」

「いってごらん」

「マイラ・ロートリッジの夫君《ダンナ》ですが……婿養子《むこようし》ですか」

「どうしてそう思うの」

「いや、どうも要職についてないようなので……閑《かん》職《しょく》をあてがわれて飼いごろしですかね」

　ややそっけなく涼子が答える。

「マイラ・ロートリッジは結婚したことなんかないわよ」

「でも娘が……ああ、そうか、未婚の母なんですね」

　自分なりに私は納得した。ロートリッジ家はアメリカ独立戦争にまでさかのぼる南部の名門だそうだ。血統やら財産やらを保全するためには、庶民には想像もつかない苦労や葛藤《かっとう》があるにちがいない。「青い高貴な血《ブルー・ブラッド》」というやつだ。六〇〇〇万年さかのぼれば、王室だろうと名家だろうと庶民だろうと、おなじ原始哺乳類《げんしほにゅうるい》だったはずだが、そう割りきれないとすればお気の毒なことである。

　涼子はというと、母親のマイラも娘のアーテミシアも、ついでに私も、まとめて気にいらないようだった。

「だいたい、あたしが許可してもいないのに、車にはねられるなんて、ココロガケがよくないから兇運《きょううん》が近づいてくるのよ。反省しなさい」

　カクテルドレスを着た美しい兇運は、そうニクマレ口《ぐち》をたたくと、ウェイターを呼びとめてシャンペンをおかわりした。なめらかな頰が薔薇《ばら》色に上気して、暁の女神《オーロラ》もかくやといわんばかりの艶麗《えんれい》さ。

　彼女の美しさに感銘や衝撃を受ける者がいるのは当然のことだ。何人かの男が寄って来たが、かるくあしらわれて、すごすごと引きさがった。

　私の見るところ、彼らはどちらかというと善良で無害な人たちだったのだが、だからこそ、「こいつを痛い目にあわせてやろう」という涼子の邪悪な欲望を刺激しなかったのだと思う。いつか自分のささやかな幸運に気づいて、胸をなでおろす日が来るかもしれない。

　拍手がおこった。ずいぶん古美術品としての価値がありそうな金屏風《きんびょうぶ》の前にタキシード姿の中年男が立ってしゃべりはじめたのだ。ＴＶの午後のワイド

ショーの司会者として有名な人物だった。

もう何年も前のことだが、この司会者は自分の番組でこんなことをいった。

「イラクが大量破壊兵器を保有しているということは、これはもうまちがいないようですね。アメリカとしては、これ以上、手をこまねいていては世界の平和がそこなわれる。やむをえず、平和を守るために最小限の力を行使するしかないんだ、というわけで、私たちは、平和と民主主義に対するアメリカの強い決意をさまたげてはいけないと思うのですが、いかがでしょう」

すると、ゲストの大学教授が、きまじめな表情で応じた。

「いや、イラクに大量破壊兵器は存在しないと思いますよ。確たる証拠がまったくありません」

みるみる司会者の表情がこわばり、ゲストをにらみつけると、話題をそらしてしまった。以後、このゲストは二度と番組に登場することはない。イラクが大量破壊兵器を匿《かく》している、というのは、誤報どころか、戦争をしかけるためのデッチアゲだった、という事実がその後、判明した。だがその司会者は、過去の発言を訂正も謝罪もせず、あいかわらず番組のなかで自分の考えを他人に押しつけている。

もっとも、この司会者だけのことではない。戦争や対外強硬論をあおりたてたメディアが、その後、誤りを認めて謝罪した、なんて話は聞いたことがない。私が所属している警察にしたって、ずいぶん誤報の種をまきちらしている。私の上司みたいに、情報や報道をせっせと悪用している問題児までいるしな。

それにしても、私にとっては不毛な時間を、どていど耐えなくてはならないのか。のぞきこんだ腕時計の秒針は、いやにのろのろ動いているようだが、まさか事故のせいではあるまい。どんな形であれ、さっさと終わってほしい。そう希《のぞ》んだ私は、たしかに、予知能力を持たない凡人であった。

II

「今夜はおいしいおいしいアメリカ産の牛肉がたくさん用意してありますからね。もちろん一〇〇パーセント安全ですよ。アメリカ人は毎日、食べてます。だからこそ世界をリードし、他国から尊敬されているのですよ」

司会者がマイクを手に、宣伝につとめている。ご自慢の歯並みが白々と光った。

大広間のあちこちに、肉を焼く香ばしい匂いが立ちのぼっている。薬師寺涼子は不吉な微笑を浮かべて、テーブルのひとつに歩み寄った。大きな皿に厚切りのローストビーフを一ダースほど積《つ》みかさねると、こんど歩み寄ったのは、助部幹事長の前だ。

「幹事長、どうぞ召しあがれ」

「ええと、しかし、その、私はちょっとダイエット中で、せっかくだが肉はひかえるようにしとるんだよ」

いいながら、脂《あぶら》っぽい視線が、涼子の美貌から離れない。

「ご心配なく、幹事長には特に国産の牛肉を用意してありますの」

「え、そうかね」

「見た目はまったく変わりませんけど、最高の松阪《まつさか》牛でございますわよ。さ、さ、お召しあがりなさいまし」

「そ、そうか、いや、だけど、私だけ特別あつかいされていいものかな」

「幹事長は日本の宝で、改革のシンボルでいらっしゃいますもの。たいせつなお身体なんですから、すこしでも安全なものを召しあがっていただかなくては。ほら、あーん」

幹事長は上機嫌でローストビーフを口いっぱいにほおばりはじめる。もどってきた涼子に、私はささやいた。

「あれ、ほんとに松阪牛なんですか」

「まさか。たぶんテキサス牛でしょ。いまさら何を食べようと、あのオッサンの脳に何の影響もないわよ」

「皆さん、拍手をどうぞ！」

司会者が、おおげさな身ぶりをして声を張りあげた。拍手がおこり、たちまち拡大して嵐になる。優雅なカクテルドレス姿が動いた。マイラ・ロートリッジの挨拶がはじまるのだ。

地味なスーツを着こんだ教師風の若いアメリカ人女性が傍《そば》にひかえている。どうやら通訳のようだ、と思ったら、そのとおりだった。

「わたしは祖国アメリカとおなじくらいジャパンを愛しています」

ふたたび拍手がわきおこる。一番ハデに拍手したのは助部幹事長で、よせばいいのに「ブラボー」と叫んで、アメリカ人たちを苦笑させた。

あらためて私はマイラの周囲を観察したが、やはりアーテミシアの姿はない。企業や教団の幹部らしい中年や初老の男性ばかりで、いずれも長身のハンサムぞろいだ。マイラの側近たちのなかで、どうやらモッシャー博士は例外らしかった。

「ですから来《きた》るべき世界滅亡に際して、ジャパンにはアメリカとともにぜひ生きのこってほしいと思います。大いなる審《さば》きの日は近いのです！」

拍手がおこったが、今度は盛大ではなかった。出席者たちが会場のあちらこちらで顔を見あわせ、拍手寸前の状態で手の動きをとめている。ひとりやたらと大きな拍手を送っているのは助部幹事長だが、これは社交的儀礼からそうしているのか、マイラ・ロートリッジの発言内容をよく理解できないのか。両方かもしれない。

マイラ・ロートリッジのスピーチはなおつづいた。それは大富豪の挨拶というより、宣教師の演説だった。聞くがわの当惑は無視され、一語ごとに声は熱をおび、昂奮《こうふん》に震えはじめた。

「近いうちに世界は滅亡の危機に直面します。ジャパンにもその危機は来襲します。ジャパンはこれほどすばらしい国で、ジャパニーズは優秀かつアメリカに忠実な国民なのに、なぜか宗教のみは覚醒《かくせい》していません。唯一絶対の神に帰依《きえ》することなく、邪悪な多神教にひれ伏し、偶像を崇拝しています。それは滅亡《ほろび》にいたる、暗いねじまがった道です！」

ここまで来ると、さすがに助部幹事長の脂《あぶら》ぎった顔からも愛想笑いが消えそうになった。完全に消えたわけではない。有力者に対する阿諛《あゆ》が第二の天性になっているようで、笑いの残骸《ざんがい》が顔の下半分にみっともなく貼《は》りついている。

通訳の女性はといえば、あきらめたのか観念したのか、「こんな神がかったこと、しゃべっているのはわたしじゃない」という感じで、表情を消し、一語ごとに口調は機械的になっていく。マイラ・ロートリッジの狂熱ぶりと、異様なほどの対照だった。

「ひとたび再臨《さいりん》なされば、主はもはや悪に対して容赦はなさいません。天の軍隊をひきつれ、地上からあらゆる悪を一掃なさいます。悪の最たるものは、自由と正義を具現《ぐげん》する唯一の神に対する攻撃です。そして神への信仰にもとづく文明に対するテロです。わたしたちは悪の使途《しと》たちを撲滅《ぼくめつ》し、彼らをはぐくむ汚れた土壌を浄化せねばなりません。硫黄《いおう》の火が雨となって地上に降りそそぎ、神に背《そむ》く者たちを根絶《ねだ》やしにするでしょう！」

安っぽいオカルト・パニック映画としか思えない世界観が、濁流のように、女性大富豪の口から流れ出て、大広間を浸《ひた》していくのが感じられた。

アメリカ国民の半数が、進化論を否定し、「世界も生命も神によって創造された」と信じているといわれる。その生きた例、もっともグロテスクな例が、私の眼前にあった。マイラ・ロートリッジの両眼には狂熱的な炎が水色にちらつき、それは神の灯《ともし》火《び》というより地獄の劫火《ごうか》にしか見えなかった。

「ジャパニーズに警告します。あなたがたを愛し、あなたがたを惜しむがゆえにいうのです。ただちに邪悪な多神教を棄《す》て、唯一絶対の神に帰依《きえ》しなさい。まだまにあいます。というより、最後のチャンスです。どうか光のあたる道を歩んでください。わたしたちとともに、正義の栄光にあふれた永遠の道を！」

マイラが語り終えると、重苦しい沈黙に、ヤケクソのような拍手の波がつづいた。

「ミセス・ロートリッジ、じつにすばらしい、神への畏敬《いけい》の念と、選ばれた人の使命感に満たされたお話でした。司会の大任にあたったことを光栄に思います」

司会者の露骨《ろこつ》なへつらいに対し、マイラは、蔑《さげす》みをこめた寛大さで応じた。

「すべては神の御心のままですわ」

「なるほど、じつに高貴なお心がけ、私たちも見習いたいものです」

「フン！」

秀麗な鼻の先で、涼子がせせら笑う。

「ではどうぞ心ゆくまでご歓談ください。後ほど来賓の方々からご祝辞をたまわります」

あくまでもにこやかに司会者が告げ、大広間の空気がゆるんだ。しだいに談笑の声が会場をつつみはじめる。

「泉田クンの感想は？」

「あぶないオバサンですねえ」

「どうあぶないの？」

「考えていることも不穏当《ふおんとう》ですが、それはまあ信教や思想の自由ということかもしれません。ただ、オオヤケの場でそれを口にして、聴いた人たちがどう思うか、その点を判断できないというのは……」

宗教家としてはどうか知らないが、巨大企業の経営者としては不適切ではなかろうか。

「内容的にはあのていどのこと、めずらしくもないわね。アメリカじゃ毎日、キリスト教右派の宣教師たちが、専用のＴＶ局からああいうタワゴトを電波に乗せて国じゅうにまきちらしてるわよ」

「はあ、そうですか」

だとしても、わざわざ日本へやって来て、マイラ・ロートリッジは何をやろうとしているのだろう。「邪悪な多神教」に対する宗教テロだろうか。お寺を爆破したり神社に火をつけたり……まさかね。

私はミネラルウォーターを口にふくみながら、何とか考えをまとめようとした。

何といってもアメリカは世界一の押し売り国家だ。牛肉からミサイルから民主主義まで、何でもかんでも、むりやり売りつける。「買ってください」とは絶対にいわない。「買うべきだ」とお説教し、「買わないのはまちがっている」と息まき、「買わないと両国の信頼関係がそこなわれるだろう」と脅《おど》す。誰でもいいから、彼らに、まっとうな商売のしかたを教えてやってほしいものだ。

ただ、危険な牛肉は輸入されても食べなければすむ。かたよった宗教的価値観の押しつけに対しては、どう対処すべきか。考えこんでいると、涼子が肘《ひじ》でかるく私をつついた。

「泉田クン、あの気色悪い男、だれだっけ？」

そういわれて大広間の出入口に視線を送ると、ひとりの男の後姿がちらりと見えた。気まぐれにパーティーのようすを眺めてみたが、すぐに興味をうしなった、というところか。乱れた白髪《しらが》や薄汚れた白衣が、私の不快な記憶を刺激した。

「モッシャー博士ですよ、さっき教えたでしょう」

「ああ、そうだっけ、思い出したくないから忘れてた」

「あなたらしいですけど、どんな人物かご存じなんですね」

「アジアやアフリカ諸国から一〇歳未満の孤児を三〇人ばかり引きとって、養子にして育てていたのよ」

「へえ、りっぱじゃないですか」

「そこまではね」

「……何があったんです？」

私の問いに、涼子は、むき出しになった完璧な形の肩をすくめてみせた。

「五年後、孤児の全員が性的虐待を受けていたことが判明したの。男女を問わずね。三人が自殺、おなじく三人が変死、五人が行方不明、八人は精神科の長期療養施設行き」

ミネラルウォーターしか口にしていないはずなのに、私の口の内部《なか》が苦《にが》いものでいっぱいになった。ひとつ咳《せき》ばらいして、私は疑問を口にした。

「そういうことをしたやつが、どうして大手を振って歩いていられるんですかね」

「金銭による示談、脅迫による証言撤回、証人の失踪《しっそう》、陪審員への圧力と買収……何よりも被害者がみんな孤児だったから、徹底的に闘おうという親族もいなかった。ロートリッジ家の金権が全力をふるったってわけ」

「ジャーナリズムは？」

「ロートリッジ家はフォンタナ・メディアグループの大株主なの」

これには、にわかに言葉もなかった。

III

「ロートリッジ家の金権が勝利をおさめた、とおっしゃいましたが、なぜそこまでしてモッシャー博士を庇《かば》いだてしなくてはならなかったんですかね」

「君、あるていど推測がついてるんじゃないの？　だから『しなくてはならなかった』と表現したんでしょ？」

やはりこの女《ひと》は鋭い。

「モッシャー博士は主治医としてロートリッジ家の重大な秘密を握っている……そう考えられますね」

「どんな秘密かしら」

涼子の問いかけには、私の脳細胞を活性化させる効果があるようだった。

「情報がとぼしいですが、アーテミシア・ロートリッジの出生に関係があるのでしょうかね」

アーテミシアの父親は、どんな人物だったのだろう。私は大いに興味をそそられたが、同時にいささか後ろめたくもあった。アーテミシアのプライバシーを暴《あば》きたてることになるからだ。

犯罪の捜査は、被害者と加害者、双方のプライバシーを、どうしても侵害することになる。ましてマスコミが共犯になると、その害毒は計り知れない。いくら自戒《じかい》してもしすぎるということはないのだ。

「そもそも、マイラ・ロートリッジは、布教《ふきょう》するために日本に来たんですかね」

「布教、ねえ」

涼子は柳眉《りゅうび》をひそめ、あらたなシャンペングラスを空《から》にした。いったい何杯めなのか、私は急に気になった。

「ま、あの若づくりのオバさんが何をたくらんでるのか、知る手段はあるけどさ」

「どうするんです？」

「マイラ・ロートリッジをとっつかまえて拷問にかければいいのよ」

「何度も申しあげたことですが、拷問はいけません。それより、ちょっと外に出ませんか」

「何で？」

「夜風にあたって、すこし酔いをさましたほうがいいと思いまして」

「君、あたしの保護者？」

毒づきながら、涼子が腕を差しのべたので、私はその手をとってテラスへと歩んだ。リュシエンヌとマリアンヌは何人かの若い男性客に熱っぽく話しかけられていたが、女主人《ミレディ》について来ようとする。涼子は手を振ってそれを止め、ふたりだけでテラスに出た。

テラスの向こうには、黒々とした闇がわだかまっていた。「ぬばたまの」という枕詞《まくらことば》を思い出す。東京で生活していると、まるで実感できないが、夜はこれほど暗いものなのだ。

上空を見あげると、霧は薄れつつあるようだった。あわい気体のヴェールをすかして、初夏の星座がきらめいている。かなりの俗物でも、ついロマンチックな気分になってしまいそうな夜だった。この夜が何とも凄惨《せいさん》な終末を迎えたのは、けっして軽井沢の自然環境のせいではない。

テラスは屋内からの灯を受けただけなので、近寄ってくる人影らしきものの正体が、最初よくわからなかった。飽食《ほうしょく》したチャボがちょこちょこ近づいて来た、と思ったら、何と私の知人であった。

岸本明《きしもとあきら》。警視庁警備部に所属する警部補である。私より一〇歳も若いが階級はおなじで、つまり彼は前途洋々のキャリア官僚なのであった。

「泉田サン、そんな恰好《かっこう》で何をしてるんですか?」

当然の質問だったが、こいつのいうことはなぜか私の癇《かん》にさわる。

「何をしてるように見える?」

「お涼さまのオトモじゃないんですか」

即答《そくとう》しやがった。しかも正解である。可愛げの欠片《かけら》もない。私が返答しないでいると、岸本は周囲を見まわして声をひそめた。

「それで、それで、お涼さまは今夜は何が目的で?」

「単なる休暇だよ」

そっけなく答えたが、涼子を「お涼さま」と呼んで崇拝《すうはい》する岸本は納得しなかった。

「えー、そんな、ただの休暇なんてありえませんよ。隠さないでください。ボクたちの仲じゃありませんか」

傷が痛むのも忘れて、思わず蹴飛ばしてやろうとしたとき、

「泉田クン」

「岸本警部補」

それぞれの部下に呼びかける声がして、ふたりの

上司が姿をあらわした。夜霧のテラスで美女どうしがにらみあう。大輪の紅バラと清楚《せいそ》な白ユリとの間に青く火花が散って、あでやかというか、おそろしやというべきか。

「あんた、何しに来たの?」

「招待客の警護よ」

「あたしは招待客よ」

絶句《ぜっく》する宿敵《ライバル》に、胸をそらしてみせる。

「つまり、あたしを警護するのが、あんたの神聖な任務というわけよね。オッホホホ、あんたのおそまつな生涯でイチバン意義のある仕事だわ。さあ、ほら、警護できるものなら警護してみてごらん!」

「すみません、室町警視、酔っておりまして」

「何を、あたしはシラフだ。氷のごとく冷静だぞ。いまのあたしから理性と良識をとったら、あとに何にものこらない!」

説得力の欠片もない。由紀子がフンガイする。

「よけいな心配しなくていいわ。まるごと全部のこるから。さっきまちがえて泉田警部補を殴《なぐ》ってしまったけど、ほんとに殴られるべきは彼の上司ね」

これはよけいな一言だった。由紀子はたちまち自分の失敗をさとって口に手をあてたが、涼子の桜貝みたいな美しい耳が、ウチワみたいにひろがって由紀子の失言をとらえた。いや、むろん錯覚だけど、私にはそう思えたのだ。

「そうか、お由紀は泉田クンを殴ったんだ」

「あの……それは……」

「ケガ人を殴ったのね。ケガ人を殴ったのね? ケガ人を殴ったのね!?」

涼子の声が歌うように大きくなる。由紀子はいたたまれないようすだが、逃げ出すわけにもいかない。

「かわりに、あたしに殴らせろ。それでオアイコだ」

「いいかげんにしてください。えらそうに他人を責めることができる立場ですか」

「あら、あたしはケガ人を殴ったことなんかないわよ。人を殴ってケガさせたことはいくらでもあるけどさ」

いばるな、そんなこと。しかも嘘《こ》ではないとしても、不正確だ。殴り倒した相手の股間《かん》を踏みつけて悶絶《もんぜつ》させたことが、何回もあるではないか。

「私が不用意に室町警視の背後に立つ形になったから、しかたないんです。アメリカだったら、いきなり撃たれていたかもしれませんし、気になさらないでください」

「いまの『気になさらないで』って台詞《せりふ》、どっちにいったの？」

意地悪なことを意地悪な口調で尋《き》く。

「おふたりにです」

「あら、そう！　ロートリッジ家のドラ娘にいったのかと思った」

あまりのイヤミに私が絶句すると、由紀子が会話を何とか理性的な方角に向けようと努力をはじめた。

「ロートリッジ家に対しては、すくなくとも、過失傷害、逮捕監禁、器物損壊で告訴できるわ。さまざまな事情を考慮して、現実には示談ってことになるでしょうけど」

「相手はロートリッジ家。一億ドルぐらいふんだくってやろう。こうなったら法廷闘争よ、泉田クン」

「ほどほどにしてください」

「かまいやしないわよ。何かあるたび一〇〇億ドル単位でたかられてるんだから、すこしぐらい奪《と》りかえすのが、正しい日本人のありかたってもんでしょ」

「事態をエスカレートさせてどうするの。あなたが地獄へいくのは勝手だけど、他人を巻きぞえにしないでいただきたいわ」

「フン、あんたは無一文《むいちもん》で天国へおいき。あたしは大金かかえて地獄へいくから」

地獄のサタもカネしだいよ、と、涼子はいい放つのである。まあ、いさぎよい態度といえなくもない。

「泉田クンだって、あたしのオトモをして地獄へいくっていってるわよ」

「いってませんよ、そんなこと」

このまま涼子の部下たることを強《し》いられて、行動をともにしていれば、地獄行きをまぬがれないことは確実だ。半分あきらめはついているが、それを自発的に望んでいるなどと閻魔《えんま》大王に誤解されたら、とんだ災難である。

「ほんとにたいへんね、泉田警部補も」

今回はそれ以上よけいなことを、由紀子は口にしなかった。おりから制服警官があらわれて、何やら指示を求めたので、由紀子は岸本をうながし、かるく頭をさげた私に目礼《もくれい》を返してその場を去った。

涼子が聞こえよがしに、肩が寒い、というので、私たちも建物のなかにもどった。タキシードをぬいで涼子の肩にかけるのがスマートかもしれないが、身体が痛くてとてもできない。

すぐに声をかけられた。

「あの、お客さま」

振り向くと、ホテルのメイドだった。美少女ではない。白髪《しらが》まじりのベテランらしい、小肥《こぶと》りの女性である。ホテルの名がはいった大きな紙袋をさげている。

「お客さま、もしかして、イズミダさまとおっしゃるのでは？」

「そうですが……」

「ああ、よかった。いえ、とても背の高い、額に包帯を巻いたハンサムな男の人だから、これを渡すように、と、ロートリッジ家のお嬢さまにいわれましたので……英語だったのでちょっと自信なかったのですけど、それじゃたしかにお渡しいたしましたから」

「それはお手数をかけました」

メイドはそそくさと立ち去った。紙袋を開《あ》けて、私はたぶん苦笑したと思う。私のようすを見ていた涼子が、事情を察していまいましげな声を出した。

「しつこいわね、あのドラ娘。パジャマだったら突っ返しなさい。君のパジャマじゃないんだし」

「私の服ですよ。返してくれたようです」

私は安堵した。タキシードをぬいでもちゃんと着るものがあるのはありがたい。スーツもシャツもそろっているようだ。

「何よ、謝罪のメッセージもついてないじゃない。あきれた、気のきかないこと」

横あいからのぞきこんで、涼子が糾弾《きゅうだん》する。

「いや、いいですよ、返してくれたんですし」

「このお人よし、それだから君は……」

涼子は口を閉ざした。けたたましいベルの音が、私たちの聴覚を充《み》たしたのだ。

IV

談笑も口論もいっせいに消え去って、二〇〇人あまりの客たちは不安と不審の表情で大広間を見まわした。彼らの頭上、シャンデリアの下の空間を、不吉で不快な音がなぎはらっていく。音の正体をさとって、誰かが大声をあげた。

「火災報知機だ！」

「えっ、火事？　火事か!?」

女性客の悲鳴があがった。乱れた靴音が、今度は大広間の床を鳴りひびかせる。

「皆さん、おちついてください！　これから皆さんを安全なところへ誘導いたします」

冷静にひびきわたる声は、室町由紀子のものだ。責任感をそなえ、権限を知りつくした能吏《のうり》らしく、きびきびと左右に指示を下していく。本領発揮《ほんりょうはっき》というところだ。

「岸本警部補、皆さんを誘導して。まず女性から」

「あ、はいはい、さあ、皆さん、こちらへどうぞ、あわてないで、ダイジョーブですからね」

気にくわないやつだが、上司の的確な指示を受けて、岸本もそれなりに働きはじめる。

もともと古いホテルで、高層ビルではない。水平方向にひろがった二階建てで、大広間は一階と二階の吹き抜けになっている。男たちは窓から直接、庭へ出てもよいくらいだ。出席者はそのことを承知しているから、混乱もそれほど大きくはならないはずだった。

涼子と私、マリアンヌとリュシエンヌは、移動する人々の最後尾にいた。私は涼子に低い声で問いかけた。

「いったいどうやったんです?」

「何のこと?」

「さっき、火でもつけてやろうかっていったでしょ」

「あたしが実行したとでもいうのッ!?」

たちまち涼子は噴火した。

「ずっと君といっしょにいたでしょ! あたしは発火超能力者《ファイアースターター》じゃないわよ!」

たしかに、涼子には機会がなかった。メイドたちにやらせるとしても、そんなことをする利益《メリット》はない。

玄関を出るとき、広い階段の上方を見やっておどろいた。すでに煙が立ちこめ、炎の舌が赤く黄色くゆらめいている。

小さなパニックが生じた。どっと人の波が動き出す。盛装した貴紳淑女が逃げまどっている。こういうときは、かならず誰かが転倒するものだが、今夜も例外ではなかった。あちらこちらで、老人や女性がころんで、悲鳴があがる。

「ずいぶん火のまわりが速いようですね」

「でも、ま、深夜じゃないし、二階で眠りこんでいる客もいないからね」

ふとアーテミシア・ロートリッジのことが気になったが、警護の者は何人もいる。私などが心配する必要もないはずだ。たぶん、すでに建物の外へ逃げ出しているだろう。

痛む身体で、ふたりほどは床から助け起こして庭へ出た。そのときは窓から煙が噴き出しており、霧とあいまってかなり視界をさえぎりはじめていた。知人の身を案じる声が交錯するなか、消防車のサイレンが聞こえるが、まだ小さい。旧軽井沢の奥深くだ。消防車の到着も、すぐにとはいかないだろう。

夜霧の高原避暑地。由緒ある洋館ホテル。はなやかなパーティー。炎上する建物。

まったくゴシックロマンの世界だ。

涼子が酔いのさめない顔で不謹慎なことをいった。

「これであと必要なのは、深夜に歩きまわる蠟人《ろうにん》形《ぎょう》ぐらいのものね」

このホテルは一部だけ三階建てになっている。玄関の上層が時計塔になっているのだ。煙と炎が噴き出す、その上方に、大きな文字盤が白く浮かびあがっている。

「あれは誰でしょう、ミレディ」

そういったのはマリアンヌで、フランス語だったが、私にも理解できた。いや、彼女は上方の一点を指さしていたから、その方角を見やった人たちは、文字盤のあたりにうごめく人影に気づいた。

「時計塔のところに誰かいるぞ!」

「あぶない、助けなくていいのか」

騒然となったが、救助が困難なのは明らかだった。梯子車《はしごしゃ》が来るまで手の出しようがない。しばらく私は目をこらし、愕然《がくぜん》と声をあげた。

「アーテミシア!?」

その人影はアーテミシア・ロートリッジだったのだ。彼女は赤いカクテルドレスを着ていた。赤いといっても、涼子の着ているワインレッドとは異《こと》なり、緋色《ひいろ》のようだ。いや、ほんとうにそうだろうか。アーテミシアのドレスは実は白色で、燃えさかる炎に映《は》えて緋色に見えるだけかもしれない。炎と闇の乱舞、明と暗の交錯は、容易に人間の視覚をくるわせる。

涼子が声を張りあげた。

「あの女、何であんなところにいるの!?」

「私も知りたいです」

「まったく、傍迷惑《はためいわく》な女だこと！　猫や煙じゃあるまいし、何でこんなとき、わざわざ高い場所に上るのよ。人の迷惑ってものを考えたことがないんじゃないの」

「彼女には彼女なりの理由があるんでしょう」

ともいえず、私は黙って一歩前進した。何とか助けなくては、と思ったのだが、私の横に誰かが立ったのに気づいた。女性だ。アーテミシアの母親マイラ・ロートリッジだった。

「アーテミシア、おりておいで！」

その声には異様なひびきがあった。娘の身を案じる母親の声とは思えない。規則を守らない学生を叱《しっ》責《せき》する舎監《しゃかん》の声だ。黒ずくめの男たちが彼女をかこむようにして退《さ》がらせようとする。それを振りはらって、彼女は娘に呼びかけた。

「アーテミシア、聞こえないの！」

聞こえたようだ。アーテミシアが母親のほうに顔を向けた。表情が炎に照らし出された。端整ではあるが、こわばった仮面のような顔。口が開いた。ほとばしり出たのは、救いを求める声ではなかった。

「あわてててるの？　いい気味だわ」

母親をあざ笑う声。狼狽《ろうばい》するのを見て溜飲《りゅういん》をさげる声だった。ある直観に打たれて、私は立ちすくんだ。この火事は、アーテミシアがおこしたものではないか。

マイラ・ロートリッジの瞳は薄い青色のはずだ。だが私の眼には暗赤色《ダーク・レッド》に見えた。妄執《もうしゅう》の炎が、現実の火事より激しく燃えあがる。

「アーテミシア！」

呼びかける声のおぞましさ。私の左上腕部に手を置いたまま、涼子も無言で、大富豪母娘《おやこ》の凄絶《せいぜつ》な応《おう》酬《しゅう》を見守っている。

「どこへもやるものか。お前の身体《からだ》はわたしのものなんだからね」

彼女は二、三歩、前進した。眼に見えないロープに引きずられるような、不自然な足どり。モッシャー博士が何かどなると、黒ずくめの男たちが女主人の腕や肩をおさえ、可能なかぎり鄭重《ていちょう》に後退させていく。

「あなたなんかに渡してたまるものですか。残念ね、わたしはここで自分の身体を灰にしてしまうわ。もうたくさん、もうお終《しま》いよ！」

アーテミシアは笑った。燃えさかる炎の音を圧して、その笑声はひびきわたった。

「細胞の一欠片《ひとかけら》だって、あなたには遺《のこ》してやらないわよ。いい気味だわ！」

娘の嘲笑《ちょうしょう》に応《こた》えたのは、母親の絶叫《ぜっきょう》である。それは悲鳴というより咆哮《ほうこう》であり、呪詛《じゅそ》の爆発だった。

「アーテミシアー……！」

周囲の人々は、恐怖に凍《い》てついた。ホテルの上半分をのみこむ猛火の熱気を受け、火の粉をあびながら、私もまた、血管を冷水が駆けめぐるのを感じた。

それでも私は二歩ほど前進したのだが、血相《けっそう》を変えた消防士たちに阻止《そし》されてしまった。いつのまにやら消防車が到着していたのだ。すこし肩や腕を押さえられただけで全身に痛みが走る、というありさまだから、なさけない。

「ケガ人はケガ人らしくしておいで！」

たとえ涼子の言葉であろうと、その意見は正しい。私はそれ以上、妄動《もうどう》しようもなく、リュシエンヌとマリアンヌに左右から半ばささえられる形で立ちつくした。

私のすぐ前方で、涼子は、炎上するホテルをにらみつけている。髪の輪郭《りんかく》が黄金色にかがやき、ドレスの裾《すそ》が熱風にひるがえって、復讐《ネメシス》の女神の迫力と美しさだった。

炎は燃えあがり、完全に時計塔をつつんだ。文字盤全体が赤く紅《あか》く焼けただれ、そこにいた人影をのみこんでしまった。

アーテミシアは自分自身を火刑《かけい》に処したのだ。

多くの口から、高く低く悲鳴が発せられた。そのなかでマイラ・ロートリッジは、もはや声を出すこともなく、黒ずくめの男たちに抱きかかえられ、薄汚れた白衣の医師につきそわれて後方へ運ばれていく。

「おおい、救急車だ、救急車を呼んでくれ。私に何かあったら国家の損失だぞ」

太いわりに力のない声は、助部幹事長のものだった。草の上にへたりこんで、短い腕で短い脚をかかえこんでいる。逃げ出すときに足首をひねったらしい。秘書らしい痩せた中年男性が右往左往しながら、「救急車、救急車」と繰《く》りかえしているが、周囲の誰も聞いてはいない。炎と黒煙の渦まく光景を、茫然と見守るばかりだ。

時計塔にあびせられる太い水流は、火の勢いにさして影響をあたえていないようだった。私たちの服はかなり水気をふくんだが、霧のためか放水のせいか、区別しがたい。やがて、「さがって!」という緊迫した声に異様な音響がつづき、炎に耐えていた建物の影が形をうしない、一挙にくずれ落ちていった。

こうして、軽井沢のもっとも由緒ある洋館ホテルは、せっかく修復されてからほんの数年で炎上、崩壊してしまったのである。アメリカ有数の大富豪の令嬢を道づれにして。

第四章　会議は踊る

I

罪の意識を感じる必要はない。

そう頭ではわかっているのだが、何とも気分が悪い。

鳥の声で目がさめる、という最高の贅沢《ぜいたく》を経験できたのだが、あいかわらず身体が痛いので、起きてカーテンを開《あ》けることもせず、私はベッドで薄暗い天井《てんじょう》をながめていた。

後になって思えば、この事件は、ずいぶんと異常な形で開始され、進行したのだった。異常というのは、とくに薬師寺涼子や私にとってのことだ。どう異常かというと、三笠《みかさ》の森《もり》ホテルの炎上崩壊に至るまで、事件の主導権は涼子の手中になかったのである。

事件といったが、事件かどうかということさえ、この時点での私には把握《はあく》できていなかった。さぞ陰気な表情だったと思うが、誰にも見られていなかったことがせめてものサイワイである。

昨日だけで私はいくつの災厄に見舞われたのだろう。一日のうちに交通事故と拉致監禁と火事とを経験させられた人間は、世界史上でもそれほど多くないはずだ。だからといって、自慢にもなりはしない。

それでもまあ、私は生きている。ぼやくことも怨《うら》むことも怒ることもできる。生きていればこそだ。

アーテミシア・ロートリッジは死んでしまった。まさにこれが最大の災厄だった。彼女が生きていれば、私は彼女の非常識さと独善性を批判し、法的な責任を追及してやることができた。

しかし死なれてしまうと、心境が異《こと》なってくる。何とか救出できなかったかと思うし、心理的に追いつめられた状況で、彼女は誰かに救いを求めていたのかもしれない。もうすこし話を聞いてやればよかったかなあ……。

突然、音高く光が室内になだれこんできた。何者かがドアを開けたのだ。勢いがよすぎて、まるで蹴破られたかのようだった。そうか、ここは薬師寺涼子の別荘だった、と気づいたのは、Tシャツにサマージャケット、ショートパンツというサマーリゾート・ファッションの涼子が、貧民街《スラム》を視察する女王陛下という態度ではいってきたからである。

涼子が右手をあげて指示すると、リュシエンヌが窓に歩み寄ってカーテンを開けた。朝の光が室内に満ちる。

マリアンヌを見て、昨日の光景を思い出した。というのも、食器や料理を並べたワゴンを押してきたからで、彼女もおなじことを思い出したのか、私を見やってかるく笑ったようだ。

上半身をおこして私はあえいだ。管理人に貸してもらった木綿《もめん》のパジャマは、サイズがあわないが、文句をいうような立場ではない。

「な、何ですか、いったい」

「何ですかってことはないでしょ。朝食を持ってきてあげたのよ」

「はあ……」

「君、朝食って日本語を知らないの？　朝、起きてから最初に摂《と》る食事のことよ」

それくらいは小学校にはいる前から知っている。私が気にしたのは、涼子がこれから何をする気なのか、ということである。

ワゴンの上に載《の》っている朝食は、一流ホテルなみに豪華だった。スープで炊《た》いたらしいお粥《かゆ》に、パンケーキとメープルシロップ、チーズオムレツにベーコン、色とりどりの温野菜に、果物はメロンと巨峰とグレープフルーツ、ミルクにコーヒー、トマトジュースと量も充分だ。私の上司は椅子《いす》を引いてきてワゴンの傍《そば》にすわると、銀色の大きなスプーンにお粥をすくい、私に向かって突き出した。

「ほら、あーん」

「………」

「眼を大きく開けてどうするの！　口を開けるのよ、口を、ほら、大きく開けなさい」

何だか毒殺されるような危惧《きぐ》が脳細胞の表面をかすめたが、選択の余地がない。口を開けると、スプーンが侵入してきた。

ふたりのメイドが、どこかいたずらっぽい表情で涼子と私を見守っている。涼子はスプーンを引くと、不機嫌そうに私の顔をながめ、とげとげしく声をかけた。

「何か感想をいったらどう？」

「お、おいしいです」

たしかにおいしかった。熱いという寸前の温かさで、ほんのりショウガの味と香りがただよっている。まずまちがいなく、涼子がつくったのではないだろう。

彼女はスプーンを置くと、オムレツをナイフで切り分け、大きな一片をフォークに刺して私の口に押しこんだ。

「これはおいしい、泉田クン？」

「………」

「何で返事をしないのッ!?」

オムレツを口に押しこまれたままだからである。いかにワガママな上司でも、見ればその事実に気づくから、舌打ちしそうな表情でフォークを引いた。私はあわただしく舌と顎《あご》を動かしてオムレツを味わい、のみこんだ。詰問されるより早く、感想を述べる。

「チーズのとろけ具合がけっこうですね」

「だってさ、マリアンヌ、リュシエンヌ。こいつイギリス人よりは味がわかるみたいよ」

私にも理解させるためか、英語で涼子がいうと、ふたりのメイドも心得てかるく一礼する。視線を私にもどして、涼子が話題を変えた。

「昨晩《ゆうべ》の火事だけどさ、警察は事件にはしないわよ」

「そうでしょうね」

警察の所有する最大の特権は何か。犯罪を強制的に捜査できる、ことではない。そもそも、そのできごとが事件かどうかを決めるのは警察なのだ。その権限こそが、最大の特権なのである。

どれほど状況があやしくても、どんなに関係者が捜査を求めても、いかにマスコミが騒ぎたてても、警察が、「これは事件ではない、よって捜査しない」といえばそれまでなのだ。

昨夜、三笠の森ホテルが炎上した火災に関しては、証人がいくらでもいる。それも、社会的地位の高い人たちだ。筆頭は改革真理党の助部幹事長だが、彼としてはひたすら、よけいなトラブルに巻きこまれたくないだろう。

「あれはロートリッジ家のドラ娘が、母娘《おやこ》ゲンカのあげく逆上して火をつけただけの話だ。とんだ迷惑だが、本人も死んでしまったことだし、何か裏面《うら》の事情があるわけではない。深入り無用」

というのが長野県警の結論になるであろうことは、疑いなかった。

私にしたって、アーテミシアが放火して自死《じし》した、という表面的な事実を否定する気はない。問題は動機だが、母親との確執《かくしつ》から精神のバランスをくずして一時的な心神喪失状態になり――というのは、いくらでも例があることだ。焼失したホテルだって、事実上はロートリッジ家の所有なのだから、それで損害賠償を要求する者はいない。

「火災保険にだって、はいってるわよ。つまり、ロートリッジ家が騒ぎたてないかぎり、事件にすらならないってこと」

これで終わりということか。残されたのは私の身心の不快感だけということになるのだろうか。

涼子は私の顔を見ながら、ショートパンツのお尻に手をやった。いささか窮屈そうにポケットから取り出したのは一枚の写真だ。私に差し出す、というより突きつける。若い女性の顔が見えた。

「それ、だれだと思う？」

「アーテミシア・ロートリッジでしょう」

涼子はゆっくりと頭《かぶり》を振った。

「三〇年前のマイラ・ロートリッジよ」

「へえ……」

あらためて、私は写真を見つめた。母娘だから似ているのが当然かもしれないが、それにしてもこれは生き写しというやつだ。アーテミシアは三〇年前のマイラであり、マイラは三〇年後のアーテミシアだった。もはやアーテミシアは年齢《とし》をとることができない。それに気づくと、いささか重苦しい気分で、私は写真から視線をはずした。

「変ないいかたですが、双生児《ふたご》みたいですね」

このとき私は上司の表情を読みそこねた。涼子は一瞬のうちに何度か表情を変えたようだが、私の視線を受けると、どこか妙な口調で答えた。

「そうね、似るとはかぎらないんだけどね。ところで鋼玉《こうぎょく》って知ってる？」

「知ってますよ」

鋼玉はダイヤモンドのつぎに硬い物質で、紅《あか》いものはルビー、それ以外の色のものはサファイアと呼ばれ、宝石として珍重される。サファイアのなかでは、青いものがもっとも高価だ。いずれにしても私とは縁が薄いが、過去の事件から得た知識である。

「おなじ石でも、紅けりゃルビー、それ以外の色ならサファイア。そうでしょ？」

「そのとおりですが、何をおっしゃりたいんです？」

涼子が何の喩《たと》え話をしているのか、そのとき私には正確な洞察ができなかった。弁解してもしかたないが、痛みというものはやはり思考の集中と持続とをさまたげる。

「あいたた……」

「あたし何もしてないわよ」

「わかってます。背中の打撲傷《うちみ》が疼《うず》くんです」

すると、私の上司は部下の背中に左手をまわして、かるくたたいた。

「痛いの痛いの、あいつに飛んでいけー」

「あいつって？」

「とりあえず刑事部長」

私が二の句がつげずにいると、涼子はワゴンの下に手をやった。紙の束をとり出す。

PC《パソコン》から打ち出した資料だった。ちらりと見たところ横文字である。

「太平洋の西側で、ああだこうだ騒いでるより、現地の情報通に連絡するほうが効率的でしょ。単なる噂もふくめて、ありったけ集めて送ってもらったの」

「情報源は何者です？」

「ニューヨークの弁護士。専門は企業犯罪と消費者保護。ハーバード大学の法科大学院《ロースクール》修了。年収一〇〇万ドル」

「はあ」

絵に描いたようなエリートである。

「一五年ぐらい前になるけど、『美少女探偵プリティーメグ』ってアニメがあったの。いまアメリカのケーブルTVで放映されて、すごい人気でね」

「？」

「そのセル画をスーツケースいっぱい送ってあげる、と伝えたら、本業を放り出して、半日で資料をそろえてくれたわよ」

絵に描いたようなオタクだったのか。

私に朝食を食べさせる途中だということを忘れたようすで、涼子は紙をめくりはじめた。

II

「ええと、オーブリー・ウィルコックス。あのドラ娘に車ではねられて屋敷につれこまれた男。泉田クンの先輩になるわけね」

そういう呼びかたはやめてほしい。

「やっぱりエリートだったんですか？」

「全然。南部のアーカンソー州で生まれて、ニューヨークに出て来てミュージカル・ダンサーをやってた。いちおうブロードウェイの舞台にも立ったけど、ほんの端役《はやく》ね。麻薬所持で逮捕歴二回」

アメリカ有数の大富豪の家庭に、よろこんで迎えられるような人物ではなかったわけだ。

アーテミシアのほうが心から彼に愛情を抱いていたとして、無名のダンサーのほうは、さてどうであったのか。

「いま、彼はどこにいるんです？」

「墓石の下」

注射したヘロインの量が多すぎて、ショック死したらしい。遺体のそばに注射器が落ちていたという。


「オーブリーに家族はいたんですか」

「両親と妹がいたらしいけど、父親は酔っぱらって事故死、母親はショックで療養施設にはいったあと自殺、妹は消息不明」

「一家全滅ですか」

「ロートリッジ家にとっては、けっこうなことよねえ。アトクサレなくてさ」

涼子が皮肉に笑う。たしかに、つごうがよすぎるようだ。ただし、あくまでも状況証拠で、ロートリッジ家の魔手が動いたという物証はない。ロートリッジ家に的をしぼって執念ぶかく調査している人たちはいないのだろうか。

「ロートリッジ家はジャーナリズムも支配している、ということでしたが……」

「傘下《さんか》にアメリカ四大TVネットワークのひとつをかかえてるわ。新聞社はアメリカ全土に大小二〇〇。もちろん小さな独立系の新聞やTV、それに一部の州議会では、かなりしつこく取材や調査をつづけていたけど、ある新聞は会社ごと買収され、ある記者は国外へ飛ばされ、ある議員はネガティブ・キャンペーンで落選、といった具合で総くずれよ」

　どんな状況にあっても真相を追究するジャーナリストや政治家が存在するというのは、アメリカ社会のあきらかな美点だ。ただ、彼らの努力や勇気がつねに報われるとはかぎらない。J・F・ケネディ大統領の暗殺事件ひとつとっても、あれほど疑惑を公言されながら、政府の態度は変わらないのだ。

「黄金天使寺院《GAT》というのがありふれたカルト集団だとして、どうしてロートリッジ家と関係を持つようになったんでしょう」

「先代以来らしいわね。先代というのはマイラの父親で、インホフって名前なんだけど、二〇世紀の末に世界最終戦争《ハルマゲドン》がおこると信じこんで、アイダホ州の山地に巨大な核シェルターを建設しようとしたけど、着工寸前に本人が死んじゃって、計画はお流れになったんだってさ」

「なるほど、あんまり近づきたくない人だったんですね」

　私は多神教の社会で生まれ育った俗人だから、宗教に深入りするのは避けたい。「黄金天使寺院《GAT》」にしたところで、まっとうなキリスト教徒にとっては迷惑な存在だろう。

　私の知人で、まっとうなキリスト教徒というと、「マリちゃん」こと阿部真理夫《あべまりお》巡査だろうが、休日には教会でボランティア活動に精を出しているらしい。街の清掃とか、ホームレスの支援とか、そういうものだが、とくに、家庭内暴力《D・V》の被害者である女性たちが教会に避難したときには、ありがたがられているようだ。いきりたって教会にどなりこんできた加害者の男たちが、阿部巡査ににらみつけられると、こそこそ引きあげていくらしい。

「腕力をふるったら、まずいんじゃないか」

　そう私が質《ただ》すと、阿部巡査は、人食いライオンみたいな笑顔で答えた。

「いやあ、連中の眼の前で、片手でリンゴをにぎりつぶしてみせるだけで」

いずれ警察をやめて神父さまになってしまうのではないか、と、同僚の貝塚《かいづか》さとみ巡査などはいうのだが、私としては引きとめたいと思っている。貴重な戦力だし、じつにまともな男なのだ。上司が全然まともじゃないから、せめて同僚くらいは、と思うわけである。

「それにしても、聞けば聞くほど、モッシャー博士はロートリッジ家を食い物にしてますね。ほんとに、どんな弱みをにぎってるんでしょう」

「それが問題」

涼子がフォークをぐさりとメロンに突き刺す。メロンが生きていたら、この瞬間に即死したにちがいない。

トドメをさしたメロンを、涼子がフォークごと突き出した。あわれなメロンの遺体を、私はくわえて飲みこんだが、甘い芳香に、いささか罪の意識が加わって、何ともいいがたい味がした。

「先代のインホフは、モッシャーに一〇〇〇万ドル単位の資金を提供して、遺伝子工場《ジーニアス・ファクトリー》をつくらせた、という情報もあるの」

「遺伝子工場《ジーニアス・ファクトリー》!?」

「そう、一時は有名だったでしょ? ノーベル賞受賞者やらボクシングの世界チャンピオンやらの遺伝子を集めて、優秀な女性に優秀な子どもを産ませるって計画」

聞いたことはある。結婚はしたくないが子どもはほしい、それも優秀な子どもを、と希望する女性たちがいて、遺伝子工場《ジーニアス・ファクトリー》の熱烈な支持者になったという話だ。あのモッシャー博士がかかわっていたとは知らなかった。

「ばかばかしい、というか、いまだにそんな妄想を抱いている連中がいるんですね」

遺伝子がすべてを決めるのであれば、英雄の子はかならず英雄、天才の親はかならず天才、ということになる。では、野口英世《のぐちひでよ》や伊藤博文《いとうひろぶみ》や坂本龍馬《さかもとりょうま》の父親は、どんな人物だっただろうか。ナポレオンやベートーベンやアインシュタインの父親は？　まじめに考えるのもアホらしくなるような話である。

ノーベル文学賞を受けたイギリスの劇作家バーナード・ショーは、あるパーティーの席で、美貌がご自慢の女性舞踊家に紹介された。彼女は笑顔で語りかけた。

「ねえ、ショーさん、あなたの才能とわたしの顔とをあわせ持つ子どもが生まれたら、すばらしいと思いませんか？」

しかつめらしく、ショーは答えた。

「そうすばらしくもないでしょう。あなたの才能と私の顔とをあわせ持った子どもが生まれたら、人類の害毒になりますからな」

有名な笑話だ。しかし、ショーの痛烈な皮肉が通じない人たちもいて、そういう人たちがしばしば富や権力をにぎっている。

「その工場はいまも存在するんですか？」

「五年前に閉鎖されてるわね」

そこへリュシエンヌがもどってきて、新聞の束を涼子に差し出した。全国紙と地方紙をあわせて五紙。

「読ませていただけますか」

「読む必要ないと思うけど」

「いちおう見せてください。あなたも五紙全部はいっぺんに読めないでしょう？」

「ベッドで新聞を読むなんて、いい身分よね。それも上司に運ばせてさ」

毒づきながらも、二紙を放ってくれたので、恐縮しつつ私は一紙を展《ひろ》げてみた。長野県内版のページをさがす。

たしかに大した記事は載《の》っていなかった。軽井沢でもっとも由緒《ゆいしょ》あるクラシックホテルが炎上して死者が一名。その事実に加えられているのは、古い建築物が焼失したことを惜しむ文化人の声ぐらいだった。

「なお、パーティーに出席した助部幹事長にケガはなく、予定どおり本日朝、帰京して党の役員会に出席する……」

事後処理はさまざまにあるにせよ、謎もなければ裏面《うら》もなく、単純な事案《じあん》でかたづけられることは明白だった。それが万人の望むところなのだ。

リュシエンヌが涼子に低声《こごえ》で報告し、何かを手渡した。涼子は小首をかしげて、それを私にしめした。

「泉田クン、これ」

涼子が手にしていたものを、最初、私は何だろうと思った。ハンカチだということは、すぐにわかったが、タオル地でも木綿でもなく、絹《シルク》のブランド物らしい。

「これ、君のハンカチ？」

「いえ、見たこともありません」

「だとしたら、君の服のポケットに、アーテミシアが押しこんだのね」

たたんだまま差し出されたハンカチを、私は受けとって展げてみた。思わず声を出しそうになった。

III

ハンカチには小さな虫が何百も這《は》っていた。いや、そう見えたのは、文字の列だった。小さく記されたアルファベットだ。アーテミシアの伝言だろうか。ラブレターであるとは思えなかったが、上司の無用な誤解を避けるため、声に出して私は読みあげてみた。
“My name is Artemisia Lawtorigge”
「わたしの名はアーテミシア・ロートリッジ」
布地にインクがにじんで読みづらいが、読めないことはない。文章もことさら難解なものではなかった。

「わたしの母親はマイラ・ロートリッジ。わたしには父親はいない……」

そこまで読んだとき、涼子の手が優雅に舞った。ハンカチは私の手から彼女の手へと移動している。

「何するんですか!?」

「こいつはあたしがあずかる」

「返してくださいよ」

私は腕を伸ばしたが、涼子は椅子を後方にずらして、私の手に空《くう》を切らせた。

そのまま私は硬直してしまった。傷の痛みもさることながら、昨夜、マイラが娘に向かって叫んだ言葉を想い出したからだ。

あのときマイラは娘に向かって「お前《ユー》は」とはいわなかった。「お前の身体《ユア・ボディ》は」といったのだ。その記憶がよみがえると、事態はひときわおぞましさを増すようだった。

アーテミシアは遺伝子工場《ジーニアス・ファクトリー》でつくられた子どもではないか。

その考えが落雷の閃光《せんこう》さながらに私の脳裏を照らした。母親に対するアーテミシアの恐怖と反発、さらには放火と自死の原因も、その点にあるのではないか。

私はハンカチの奪回をあきらめ、とりあえず自分の考えを涼子に話してみた。聴きながら、涼子は舌打ちする。

「あのドラ娘も、自殺するなんて、なさけないわよ。どうせ憎んでいるなら、母親をぶっ殺して、ざまあ見ろ、思い知ったか、といってやればいいのに」

良識に反する台詞《せりふ》を吐きすてて、涼子はハンカチをリュシエンヌに向けて放った。

「それで、君の結論は?」

「アーテミシアは、自殺することが母親に対して最大の復讐になる、と確信していたんじゃないでしょうか」

「自分の身体《ボディ》を母親に渡さないことが?」

「ええ、ただ自殺するだけでなく、自分の身体を火中で消滅させてしまうあたりに……」

「ドラ娘の意思が明確に示されている、と」

「ハンカチに記されたあの文章が、アーテミシアの遺書だとすると、ずいぶん重要な物証になりますね」

「提出はしないわよ」

涼子はグラスをつかみ、ミルクを口にした。私に持ってきたミルクのはずだが。

「警察が証拠品をどれほどいいかげんにあつかうか、君は知ってるでしょ。あたしも知ってる。遺書どころか、血染めの衣服やナイフまで、『なくした』ですませて、責任も問われないんだから」

そのことは私も知っている。弁明しようもない警察の汚点だ。

「提出するかしないかは、あなたにおまかせしますから、ハンカチを返してください」

「イヤだ」

「どうして!?」

「返してくれっていったって、もともと君のものじゃないでしょ」

「あなたのものでもないはずです」

「うるさい、部下のものは上司のものだ」

「そんな無法な」

「無法は上司の特権」

やることは無法で、いうことは矛盾《むじゅん》している。私は腕を伸ばしたが、背筋《はいきん》と肩甲骨《けんこうこつ》が悲鳴をあげ、無念にも上半身がベッドにうつ伏せになってしまった。

ノックの音がした。マリアンヌがドアを開けると、貫禄《かんろく》たっぷりのワンピース姿が、スキップを踏みながらはいってきた。もちろんジャッキーさんだ。

「あら、仲がいいのねー、うらやましいわ」

誤解です。

「ジュンちゃんの具合《ぐあい》はどう、涼子ちゃん」

「殺したって死なないわよ、こんなやつ。たとえ自分が死んだって、そのことに気づかないような、鈍感なやつなんだから」

「あら、ダメよ、涼子ちゃん、ココロにもないこといっちゃ。みんな仲よく、ヨロコビに満ちた人生を送りましょ。そうそう、さっき地元のTVニュースやってたんだけど、三笠の森ホテルへ通じる道は警察と消防に封鎖されてて、今日いっぱいは通れないみたいよ」

痛みをこらえて、私はどうにか上半身をおこした。

「そういえば、マイラ・ロートリッジは、今日からどこに滞在するんでしょうね」

「心配する必要ないわよ。ホームレスになるわけじゃなし、どこのホテルでも別荘でも借りきることができるでしょ」

「ジャッキーのいうとおりよ。まだ夏休み前だし、宿泊の手配はいくらでもできるし、気にいらないなら東京でもニューヨークでも、好きなところへいけばいいんだわ」

毒づいた涼子が、急に口を閉ざした。左手の人差指をかるく紅唇《こうしん》にあてて、思案をめぐらせるようすだ。脳細胞と脳細胞との間を、思考のピースが超高速で駆けめぐっているらしい。

「ふうん、するとあせって……」

そうつぶやいて、これまた急に、私に視線を向けた。

「泉田クン、すぐに起きて。外出のしたくをしなさい」

「え!?」

「君に必要なのは気分転換よ。まったくもう、せっかく夏の軽井沢まで来ておいて、寝てばかりじゃしようがないでしょ」

「ちょっと待ってください」

「涼子ちゃんのいうとおりよ、ジュンちゃん。青い空に白い雲、緑の森に黄金《コガネ》色の風。かがやく高原があなたを誘ってるわよ」

「というわけで、ジャッキー、今日はあんたたちの会議を見学させてもらうわ。それとも、部外者はおことわり？」

「とんでもない、ぜひいらして。同志たちに紹介させていただくわ」

　突然、私は、真の危機が身辺にせまりつつあることに気づいた。

「わ、私は女装なんかしませんからね」

「そんなもの、あたしだって見たくない。さいわい君のスーツももどってきたことだし、着るものはあるわ。さあ、一五分でしたくするのよ！」

　こうなると、異議をとなえても時間とエネルギーの浪費である。一五分後、どうにか人前に出られるよう服装をととのえた私は、車に向かいながらジャッキーの話を聞いていた。

「今年はね、大会に着る衣裳のことで対立がつづいてるの。ウェディングドレス派とゴスロリ派に分かれて、論客ぞろいのものだから、なかなか意見がまとまらないのよ」

　ゴスロリとは若い女性のファッションで、「ゴシック・ロリータ」を略したものだそうだ。ゴシックやロリータについては、学問的に正確な定義を求めても、あまり意味がない。少女っぽく可愛いのに、一方ではやや風変わりでダークな雰囲気を持つ時代がかったファッション、ということになる。写真など見ると、黒のベルベットや白のレースが多く使われているようだが、そういうものを男が着ているとなると……。

　何とか途中で逃亡できないものか。算段《さんだん》をめぐらせる間もなく、私はジャッキー若林に引きずられ、四輪駆動車《4WD》に放りこまれた。もう涼子がハンドルをにぎっている。メイドたちと管理人夫婦に見送られ、車は勢いよく走り出す。あきらめて、私はジャッキーに質《ただ》した。

「で、勢力分布はどうなってます？」

「ウェディングドレス派が一五〇名、ゴスロリ派が一三〇名、中立派が四〇名ってところね」

過半数を制する勢力はない、というわけだ。中立派が勝敗の帰趨《きすう》をにぎっているとすれば、政治や外交の世界と変わらない。

「でも、ジャッキーさん、そういうことは嫌《きら》いなんじゃないんですか」

「大キライよ。でも、地球人が三人あつまると、派閥《はばつ》ができちゃうものなのよねえ」

ジャッキー若林は、せつなそうに溜息をつく。彼は財務省内で醜悪な派閥抗争に巻きこまれ、絶望したところを薬師寺涼子に救われたのである。救われたというより、魔手につまみあげられた、というほうが正確だろうが、ともかく若きエリート財務官僚のタマシイは安住の地を見出したのだ。第三者がとやかくいうべきではないだろう。

別荘群の屋根だけが見える森のなかの道を一〇分ほど走る。視界が開けると、車は、とあるペンションの前庭へすべりこんでいった。

甘ったるいクリームケーキを連想させる建物だった。白いペンキを塗った二階建ての木造建築で、輸入住宅をあつかう雑誌の表紙に出てきそうな印象だ。赤い西洋瓦の屋根には、天窓がついている。紅白の薔薇《バラ》の生垣がつらなり、その向こうには緑の芝生。小鳥の餌台《えさだい》が置かれていて、宝石に喩《たと》えたくなるほど美しい羽色の小鳥が一ダースほど鳴きかわしている。落葉松《からまつ》の林の彼方《かなた》には、たぶん浅間山《あさまやま》だろう、ラベンダー色の大きな山塊《さんかい》が威風堂々と天を衝《つ》いていた。

美しい高原の、可愛いペンション。だが私には、妖霧《ようむ》につつまれた魔宮にしか見えない。「ペンション・サマンサの夢の家」と丸っこい文字で書かれた看板。玄関横の壁には、毛筆で書かれた垂れ幕がかかっている。

「いまこそ服装改革！

日本よ、気高く強く美しくあれ」

後半だけ見ると、政治団体の集会みたいだが、じつは女装愛好家団体の会議なのである。真の愛国者たちは意外な場所にいるのかもしれない。

　この日の会議は幹部だけのものだそうだが、一歩ペンションにはいると、男らしい熱気がムンムンムンとただよってくるのであった。それに加えて、香水やら化粧やらの匂いが音もなく渦巻いて、気のせいだとは思うが、傷にヒリヒリと沁《し》みてくる。

「あら、ジャッキー、しばらくねえ、元気だった？」

　右や左からかけられる声に応《こた》えながら、ジャッキー若林は誰かをさがしているようだった。

IV

「ちょっと、フローレンス、いる？　この人を診《み》てあげてほしいんだけど」

　声に応じてあらわれたのは、女性看護師《ナース》の服装をした人物だった。もちろん男で、小柄で陰険そうな眼つきをしており、私は好感を持てなかった。だが、それこそ俗人《ぞくじん》の偏見というものだった。この人物、フローレンス桂木《かつらぎ》は外科のお医者で、大学院での出世より街での開業を選び、とくに子どもや老人に親切な名医として、地域社会の信望をあつめる現代の偉人なのだそうだ。まったく、人は見かけによらない。

「痛みはしばらく残るだろうけど、まあそれだけね。湿布《しっぷ》薬を貼って、鎮痛剤《いたみどめ》を注射しておくわ。あと、内服薬《のみぐすり》を三日分ばかり出してあげるから、いい子にして、きちんと服《の》むのよ」

　いまどきめずらしい黒革《くろかわ》の診察カバンを出すと、有無《うむ》をいわさず、アルコール綿で私の左腕をふき、注射針を突き刺す。おどろいたのは、まったく痛くなかったことで、たしかに手ぎわのいいお医者なのだった。てきぱきと、額の包帯も替えてくれた。

「それじゃ、おだいじにね」

「どうもありがとうございます。あの、せっかくのお休みなのに、お手間をとらせまして」

私が恐縮すると、二一世紀の名医は、手を口にあてて、オホホと笑った。

「あらん、いいのよ。痛がってる人を治療するのは、女装とおなじくらいステキなことですもの。それにしても、そちらのすごい美人は、いくら何でも、あたくしたちのお仲間ではないわよね」

涼子の表情をたしかめたいところだが、こわくてとても視線を向けられない。

「お仲間じゃなくて、理解者で恩人よ。ほら、いつか話した涼子ちゃん」

「まあ、そうだったの。ジャッキーの恩人なら、あたくしの恩人も同然よ。よろしくね」

涼子が返事をしないうちに、ロビーの向こう側で歓声らしきものがあがって、はなやかな色彩が揺れた。服装だけ見ると、マリー・アントワネットの亜流という感じの人物があらわれたのだ。両眼は細く、頬はふくよかで、年齢はよくわからない。

「あの人は何者です？」

「皇国女装愛好家同盟の総裁をつとめてらっしゃる、エリザベート河豚沢《ふぐさわ》さんよ」

エリザベートねえ。

「そ、それじゃ、あそこでコーヒーを飲んでるマリン・モンローみたいなカッコウの人は？」

「新しい服装文化を作る会の最高幹部会議主席補佐代理心得。お名前はマルガレーテ猪上《いのうえ》とおっしゃるの」

今度はマルガレーテかい。皆さん、どうやら西洋のお姫さまにあこがれていらっしゃるようで、と思いつつ視線を泳がせると、黄金色のチャイナドレスの裾からたくましいフクラハギをのぞかせる人物がいる。

そこからさらに眼をそらせると、今度は日本のお姫さまに出くわした。髪はカツラだと思うが、顔は白粉《おしろい》で人相すらさだかでない。紅と黄金を配した暑くるしい振袖《ふりそで》には、「天下布武《てんかふぶ》」の四文字が大書してある。

「あれこそ噂のアリス権田原《ごんだわら》よ」

噂の、といわれても部外者にはよくわからない。

「『日本女装界の織田信長《おだのぶなが》』と自称してるの」

「めざすは天下布武ですか」

「そうよ、それも実力で」

「実力ったたって……」

どんな実力なんだろう、と思っていると、アリス権田原が掌《てのひら》を打ち鳴らし、朗々《ろうろう》と告げた。

「さあ、そろそろお話しあいをはじめましょ。シェラザード古森《こもり》、白板を用意して。クラリッサ百地《ももち》、MR《マイクロレコーダー》をお願いね。ジョアンナ犬伏《いぬぶせ》、椅子の数を確認してね。ビビアン高森《たかもり》、ミネラルウォーターはまだなの?」

私は、かいてもいない顔の汗を手の甲でぬぐった。

「皆さん、りっぱなリングネームをお持ちですねえ」

「ちょっと、ジュンちゃん、リングネームはないでしょ。失礼よ。真実の名《トウルーネーム》と呼んでちょうだいな」

ジャッキー若林に流し目でにらまれ、私は素直にうなずきはしたが、どういう表情をしていたかは保証できない。

香水や白粉まじりの熱気と毒気にあてられて、何分かの間、涼子のことを忘れていた。ひとりずつならともかく、これだけの人数があつまると、存在感は涼子を上まわる、ということらしい。

まさか私ひとり魔宮に置いていかれたのではないだろうな、と思っていると、涼子の姿が見えた。ロビーの隅の籐椅子《とういす》に腰かけ、ショートパンツから伸びた脚をこれ見よがしに組んで、携帯電話で何者かとしゃべっている。

周囲にニセの女子高校生やイツワリのシンデレラがあつまって、羨望《せんぼう》と賞賛と嫉妬の視線を送っていたが、アリス権田原の呼びかけに応じ、ミーティングルーム兼用のダイニングへと去っていった。といってもロビーの隣だし、ドアは開放されている。

私に気づくと、涼子は通話をやめて電話をハンドバッグに突っこんだ。私が声をかけるより早く、隣の籐椅子を指さす。

「そこにおすわり。会議がはじまったわよ。すこし聴いてましょ」

それはもう、めったにお目にかかれない白熱した会議であった。

それらの会話やら論戦やらが、ソプラノやアルトの声でかわされていたら、違和感などなかっただろう。だが、テノールやバリトン、さらにはど
すのきいたバスまでが室内にとどろきわたって、何だかワグナーの音楽が似あいそうな、おどろおどろしい雰囲気。

「とにかく、あたしたちの敵は、ニッポン社会を支配する男性原理なんだから、それを打破しなくっちゃね」

「そうよ、敵はマッチョよ！」

「偏見と差別を打破するため、力と勇気のかぎり戦うのよお！」

「ちょっと、みんな、おちついたらいかが？　あたしたちは女装という崇高な行為によって、高い次元で自己を解放することが目的でしょ？」

「そうよ、それがどうしたの」

「社会を変革するとか、国家を改造するとか、そんな昔のサヨクやウヨクみたいなこと主張するの、邪道だと思うわ」

「まっ、邪道とは何よ」

「聞きずてならないわね」

「いいえ、一理あると思うわ。だってそうでしょ、重要なのは個人であって全体じゃあないんですもの」

「それこそ正しい女装道よね」

「女装道ですって？　そういう具合に何かというと道を持ち出すのこそ、男性原理よ。マッチョよ。も

っと自由に、もっとやわらかく、もっとしなやかに！」

「太い腕を振りまわすの、やめてよ。それじゃとうてい、夏向きのウェディングドレスなんか着られないわよね。ごてごてのゴスロリでごまかすしかないわ」

「まっ、同志の肉体的欠陥をあげつらうの⁉　恕《ゆる》せない！」

「恕せないのはあんたの顔よ！　もっとキチンとヒゲそったら⁉」

　はてしなく思われた論戦も、一〇分間の休憩で中断された。ロビーに出てきたジャッキー若林が、白檀《びゃくだん》《だん》の扇子《せんす》で襟もとに風をいれる。

「みんな男装したら、それぞれ地位も実績もある子たちですもの。議論すると、つい学識や教養がにじみ出てしまうのよね。何とか服装だけの話題にしたいんだけど、理念や思想がからむとヤッカイだわ」

「はあ、わかるような気がします」

　私はうなずいてみせた。じつは「男装したら」とか「子たち」という表現にも違和感をおぼえたのだが、それを指摘すると、さらにややこしいことになりそうだ。だから、籐椅子から立ちつつ、上司の許可を求めた。

「ちょっと外の空気を吸いたくなったんですが、出てよろしいですか」

「もちろんいいわよ。でも、うかつに表に出ると、出席者とまちがえられるから、気をつけることね」

「裏のテラスに出ますよ」

「ちょっとお待ち」

「何ですか」

「あたしも出る。腕をお貸し」

　テラスには白い円卓とデッキチェアが配置されており、涼子と私はそこに腰かけた。高原の風はさわやかそのもので、ミントの香りまでふくんでいるかのよう。自然の美をそこなうのはいつも人間なんだよなあ、と、ついエコロジストみたいなことを考える。ちなみに私は、蚊は絶滅してかまわないと思い、鯨《くじら》はすこしぐらい捕《と》って食べてもいいんじゃないかと考えている人間なので、エコロジストと称する資格はない。

「どうして仲良くできないんですかね。女装によってタマシイを解放しよう、という理念は、おなじはずなのに」

「近親憎悪ってやつでしょ。おなじキリスト教だって、カトリックとプロテスタントは、ずいぶんハデに殺しあってきたじゃないの」

たしかにそうだ。「聖バルテルミーの虐殺」とか「三十年戦争」とか、世界史で勉強させられたっけ。

「警視、どうもありがとうございます」

「何よ、急に」

「ここへつれてきてくださったのは、お医者に診《み》せるためだったんですね。おかげさまでずいぶん楽になりました」

「気づくのがおそいわね」

「反省してます」

「口先だけじゃダメよ。形にしなきゃ」

どんな形を要求されるのかと思っていたら、ジャッキー若林もテラスにあらわれた。盆《トレイ》の上に冷えたライトビールや烏龍茶《ウーロン》の小瓶が何本か載《の》っている。

「どう、おふたりさん、冷たいのを一杯」

「ありがとうございます。まだ会議はもめそうですか」

「まあ気のすむまで話しあうしかないわ。まだ正午《おひる》にもなっていないし」

「でも、そんなに悠長でいいんですか。大会は明日なんでしょう?」

「いいのよ。どうせみんな、ウェディングドレスとゴスロリ・ファッションと、両方とも持ってるんだから。どちらに転《ころ》んでも対処できるの」

「両方ですか」

さぞ服装費がかかるだろうな、と思ったが、よけいなお世話というものだろう。ジャッキー若林は左手を腰にあて、たてつづけに二本ライトビールを飲みほすと、私たちに手を振って、会議へともどっていった。

涼子のハンドバッグの中から不気味なメロディが鳴りひびいた。ブライザッハの『死神は空を行く』だ。死神の鎌からしたたり落ちる血の音をモチーフにしてあるという。携帯電話を取り出して、涼子は短く素早く通話した。

「マリアンヌとリュシエンヌから連絡よ。思ったとおりの展開」

涼子の瞳に、初夏の陽光が躍って、危険な美しさがまばゆいほどだ。

「ロートリッジ家の私兵《しへい》どもが、あたしたちの山荘を包囲したってさ。うふふ、行動がワンテンポおそいのよね」

烏龍茶の小瓶を手にしたまま、私の動きがとまる。軽井沢滞在の二日めも、私に安息の刻《とき》はなさそうであった。

第五章　十二人の怒れる男

I

東京にいては想像もできない緑の涼風のなか、二人乗り《タンデム》の自転車が走っていく。かろやかに、さわやかに。

前方のサドルにまたがってペダルをこいでいるのは、サンバイザーにショートパンツ姿の、世にまれな美女。背中にしゃれたナップザックをせおっている。高原リゾートのCMフィルムかと思われるような光景だ。事実はというと、警視庁きってのヨコガミヤブリの警視が、いやがる部下をしたがえて、これから「いきすぎた捜査」におよぼうというのである。

「泉田クンにはこれまでいってなかったけど、いま、あたしは反省してるの」

この発言におどろく。涼子の辞書に、「反省」の二文字が存在したとは、つゆ知らなかった。どうやら辞書の改訂版が出たらしい。

「何とかいいなさいよ」

「はあ」

「君はあたしの後ろにいるんだからね。きちんと返事しないと、反応がわからないでしょ!?」

「わかりました」

「わかったら、どうするの?」

「ええとですね、あなたが反省なさったことはわかりましたが、なぜそうなさるのかはわかりません。理由を教えていただければサイワイです」

「知りたい?」

「ええ、とても、心の底から知りたいです」

正直の美徳って、どんなことだったっけ。

「だったら教えてあげるけどね、今朝《けさ》まであたしは敵に主導権をにぎられていたわけよ」

「敵というのは、ロートリッジ家ですか」

その質問について、涼子は直接は答えず、いったん自転車をとめた。大あわてのようすで、リスが一匹、道を横断していく。

「敵に主導権をにぎられてしまったのはナゼか。答えは明白である。それは、あたしがあまりにも遠慮深かったからだ！」

「………」

「返事はどうしたの!?」

「ど、どうして遠慮なんかなさったんですか」

「それは返事じゃなくて質問ね」

イヤミをいいながら、涼子は、ふたたび自転車を発進させた。

「つまり、それはあたしが休暇を楽しみにして、なるべく波風を立てたくないと思ってたからで……」

またしてもおどろいた。この女《ひと》は、本気で休暇をのんびり楽しむつもりだったのだろうか。破壊衝動と征服欲のオモムクままに、軽井沢まで敵をたたきつぶしに来たのだと思っていた。

「ま、そんなこと、いまやどうでもいいわ。とにかく、あたしは反省したの。気にくわないやつを見つけたら、相手が何もしなくても、飛んでいって殴りつける！　そうでないと、主導権なんていつまでもにぎれやしない。そう思うでしょ、泉田クンも」

そうは思わないが、「ロートリッジ家のドラ娘」に振りまわされたことが、よほど口惜しいらしい。私自身、薬師寺涼子よりムチャな所業《まね》をする女性が地上に存在するとは思わなかった。さすがアメリカだな、なんて感心している場合ではない。「返事は!?」といわれる前に、ナップザックをせおった背中に向かって口を開いた。

「お考えはわかりましたが、まだ疑問というか、うかがいたい点があります」

「いってごらん」

「では、お言葉に甘えて。まず、私たちがこうして自転車に乗っている理由ですが……」

「自動車だと、敵に気づかれやすいからよ。自転車ってゲリラ戦に向いてるでしょ」

だとしても、二人乗りである必然性はないはずだ。おりから対向車がやって来た。男女のカップルが乗っている二人乗り自転車だ。こちらと異《こと》なるのは男のほうが前に乗っていることだが、涼子に気づき、顔と胸と脚を同時に注視しようとして姿勢をくずした。

自転車が倒れ、カップルははでな音をたてて路上に放り出される。見て見ぬふりをして、私たちが走り去ったのは、不人情なのではない。その逆で、武士のナサケというやつだ。

「ええと、つぎにですね、あなたの別荘をロートリッジ家の私兵とやらが襲撃したのは、どうしてでしょう」

「マイラ・ロートリッジに電話をかけてやったのよ」

三度めのおどろきである。

「先ほど、ペンションで携帯電話をかけていらしたのは、それだったんですか」

「そうよ。出てきたのは本人じゃなくて秘書だったけどね。ナマイキなやつだけど、ま、用件が通《つう》じりゃいいことだから」

「どうやって電話番号を?」

「その前に長野県警本部長を脅《おど》して……あ、訂正、お願いして教えてもらったの」

訂正する必要はないと思う。昨夜の件をどれほど穏便にすませるつもりでも、長野県警がマイラ・ロートリッジの連絡先を知っておくのは当然のことだ。県警本部長にはどんな弱みがあるのか、ということも知りたいが、これは緊急の課題ではない。

「で、マイラには何と伝えたのですか」

「想像がつかない?」

「……もしかして、あのハンカチですか」

「ビンゴ」

　今朝、涼子が私から強奪したハンカチのことだ。まだ私に返してくれないし、全文の内容も教えてくれないから、ひどいものである。

「こういってやったのよ。あんたの娘の遺書を手にいれた、メディアに内容を公開されたくなければ、うちへ来いって」

「つまり、おびき寄せたわけですね」

「そういうこと」

「だったらのんびりサイクリングなんかしている場合じゃないでしょう。自動車《くるま》だったら一〇分ですが、自転車では三〇分かかりますよ。あなたの忠実なメイドたちに危険がおよぶかもしれません」

「マリアンヌやリュシエンヌが、あのていどの連中にやられるわけないでしょ。ちゃんと時間をかせいでくれているわよ」

「銃で撃たれたら、どうするんです」

「ここはアメリカじゃないの。兵器製造企業の領地じゃないのよ。民間人が銃を持っていること自体、日本の国内法に違反してるじゃないの」

「ロートリッジ家はアメリカの大富豪で、政治屋を何十人も飼育してますよ」

「治外法権があると？」

「事実上そうでしょう。マイラ・ロートリッジは超大国の特権階級《セレブ》ですから」

「もしマイラ・ロートリッジ婆《ばあ》さんが、何かしでかしたあげく、アメリカ大使館かアメリカ軍基地へ、ヘリで逃げこむようなことがあったらさ」

　婆さん呼ばわりは気の毒だ。マイラはまだ五〇代だろう。もちろん涼子は悪意でそう呼んでいるわけだが、肩ごしに私に投げかけた視線が、不穏にかがやいている。

「どうする気です？」

「どうしたらいいと思う？」

「ミサイルで撃墜したりしてはいけません」

「どうして？」

「どうしてって……」

いかにもわざとらしい上司の口調に、私はしばし絶句する。風が涼子の香りを運んでくる。柑橘《かんきつ》系のコロンをつけているらしい。

「現実世界は、ハリウッド製アクション映画の世界と、すこしばかりちがうからです」

「どうちがうのさ」

「ハリウッド映画では正しい者が勝ちますが、現実世界では強い者が勝つんです」

だからこそ、イラクやイランが国際ルールを破れば制裁されるが、アメリカを制裁できる者など存在しない。各国軍隊の戦争犯罪をさばくために国際刑事裁判所というものが存在するが、アメリカは参加していないのだ。わが祖国はといえば、もちろん親分にさからうはずもない。

「フン、つまらない現実論ね」

そう決めつけるかと思っていたのに、涼子はひとつ口笛を鳴らすと、いつにも増してからかうような声を出した。

「泉田クン、あたしに勝ってほしい？」

「はあ、敵がマイラ・ロートリッジであれば」

「つまり、あたしにもっと強くなってほしいのね」

「は!?」

何でそうなるのだ。

「あたしが正しいことは最初から決まってるんだから、何の問題もない。あたしにさからうやつを痛めつけてやるために必要なのは、あたしがもっと強くなることだ！」

「あの……」

「よし、それじゃ、もっと強くなるための修行の第一歩として、マイラ婆さんとその一味を痛めつけてやろう。やつらが法を守らないなら、守らないことをあたしが後悔させてやる！」

私の頭のなかを、さまざまな四字熟語が飛びかった。日米友好とか世界平和とか物的証拠とか先制攻撃とか専守防衛とか。しかしもはや何をいってもムダである。自転車のベルの音が、涼しげに空《むな》しく破滅の曲を奏《かな》でるだけであった。

II

　平坦だった道が、森のなかで起伏を生《しょう》じはじめると、ほどなく薬師寺家の別荘だった。二人乗り自転車を近くの別荘の柵《さく》に立てかけ、徒歩で接近する。さして広くない未舗装の道をふさぐように、三台の四輪駆動車《4WD》が縦列駐車していた。たちどころに、涼子の両眼に好戦的な光が満ちる。

「まず車のタイヤをパンクさせてしまおう」

「道具がありませんよ」

「あるわよ」

　涼子が肩からナップザックをはずした。手を突っこんで何やら探るようすだったが、すぐ二個の物体を引っぱり出す。黒っぽい八角形の金属棒だった。

「ほら、これでそちらの車のタイヤをパンクさせて。自動車の整備業者も、仕事が増えて喜んでくれるわよ」

　両眼が活力にあふれ、声が弾《はず》んでいる。まさに破壊活動を開始しようとするときの涼子は、人生の娯《たの》しみを満喫《まんきつ》しているようだ。

　金属棒をつかんで親指でボタンを押すと、太く鋭い錐《きり》が先端から飛び出すようになっている。たちまち三台の四輪駆動車《4WD》は、動くに動けない交通障害物となりはてた。

　常緑樹の生垣《いけがき》の蔭《かげ》で、涼子がメイドたちに携帯電話をかける。もちろんメイドたちの携帯電話はマナーモードにしてあるだろう。早口のフランス語で通話をすませて、涼子は電話をしまった。

「敵の人数は一ダースか。相手にとって不足がありすぎるけど、第一幕はこんなものかな」

「日本人もいるようですね。いや、東洋系のアメリカ人かな」

「日本人でしょ。暴力団員かどうか知らないけど、地元の案内人はどうしても必要だろうしね。だとすると、まず通訳役のやつをかたづけなきゃ」

ブランド物のナップザックに、ふたたび手を突っこんで、涼子が兇器をつかみ出す。

「これ持ってなさい」

「これは?」

「ウォーターガンよ、見ればわかるでしょ」

つまり水鉄砲だが、かなり強力なものだ。使いようによっては充分に敵の動きを制することができる。銃身は強化アクリル製で透明だから、内部の液体が赤く濁っているのが見えた。

「これ、ただの水じゃありませんね」

「何だと思う?」

「まさか硫酸でもはいってるんじゃないでしょうね」

「非常識なこといわないでよ」

よりによって薬師寺涼子に非常識よばわりされてしまった。私も出世したものだ。


「君のにはいってるのは、トウガラシの成分をたっぷりふくんだ防犯用の薬液よ。あたしは麻酔銃を使うから」

さらに涼子はスタンガンも渡してよこした。どうも彼女がせおっていたのは、武器に関するかぎり、魔法のナップザックらしい。

「まさか自白剤なんてものまでお持ちじゃないでしょうね。つかまえた相手に使うために」

「もちろん持ってるわよ」

これだ、うかつに冗談もいえない。

「強力な向精神薬《こうせいしんやく》でね。鬱病《うつびょう》の治療に使われることもあったけど、習慣性と中毒性があるから、先進国では禁止されてるの」

「そういうのを使うのは、まずいのでは……」

「気にしないでいいわよ。日本では野放しだから」

「そりゃまた、なぜですか」

「厚生労働省の役人どもが無能なのか、製薬会社からワイロでも受けとってるか、どちらかでしょ。まあ、この国じゃ、一〇〇人以上の犠牲者でも出ないかぎり、薬害が追及されることなんてないからね」

涼子は、空《から》になったナップザックを放り出すと、「さて」と一言、わが家の敷地に踏みこもうとした。それを私が制した。

「自白剤を使うのは、やめておきましょう」

「何でよ?」

「こんなできあいの薬を使って自白させるなんて、あなたらしくありませんよ。独創性《オリジナリティ》に欠けます。あなたにしかできない方法で自白させなきゃ」

「そうか、芸術家にはオリジナリティがたいせつだもんね。わかった、薬はやめるわ」

何の芸術家だ。

いずれにせよ、涼子が私の詭弁《きべん》、ではない、意見を容《い》れてくれたので、私たちは身を低くして生垣のなかに忍びこんだ。重大なことに、私は気づいた。

「管理人さんたちは無事でしょうか」

「電話して外出させてあるわ。午後あらためて電話で指示するまでは、もどらないようにってね。適当に買物でもしてるでしょ」

罪のない人間を巻きこまないよう配慮してあるわけだ。それとも戦闘時の足手まといをあらかじめ排除しておいたのだろうか。涼子がつぶやく。

「さあ、もう二度と失敗はしないぞ。ひとりも無傷では帰してやらないからな、覚悟しろ」

つい私は異をとなえたくなった。

「失敗をかさねたからといって、かならず最後に成功するとはかぎりませんよ」

「おだまり、悲観主義者」

涼子は一喝した。

「成功しなきゃ、成功するまであきらめないの。ケンカだって、勝つまでつづけるのよ。あたしは幼稚園の年少組のとき、年長組のボス格の三人組に目をつけられていびられたけど、ある日、ついに正義の鉄鎚《てっつい》をくらわせてやったのよ」

「何でいびられたんですか」

「可愛かったのでネタまれたのよ！　それくらい、いわなくてもわかるでしょ！」

「それで、どうしました？」

「人間はじめてからまだ四、五年しかたっていなかったし、途中経過はよくおぼえてないんだけどね、とにかく一対一でつぎつぎと泣かせてやったわ。三人めのやつに馬乗りになって、上履《うわばき》でポカポカ頭をたたいてやってたら先生が飛んできてね。『ケンカする子はいくらでもいたけど、ここまでやる子ははじめてだ』って、ほめてくれたっけ」

それはほめられたのではないと思う。

建物の壁に貼りつく男たちの姿が見えた。笑っている場合ではないが、全員が黒い上着にグレーのズボンだ。拳銃やブラックジャックなどを手にしている。かなり大きな布の袋を持っているのは、人を拉致する用意だろうか。

「やつら、証拠隠滅をはかるかもしれません。もしお宅に火をつけたりしたら、どうします？」

「ダイジョーブ、保険にはいってるから、心配いらないわ」

そうだ、この女《ひと》は保険会社の天敵だった。いくらでも前例を思いつく。

私の視線の先では、マリアンヌとリュシエンヌが動きまわっている。窓の外から見えるように動いているのだが、動きは速いし、窓には鉄の斜め格子がはいっており、外から侵入するのは容易ではなさそうだった。

「泉田クン、後ろのほうにひとり離れた日本人がいるでしょ。トランシーバーで指示を出してるけど、あいつが通訳だと思うの。まず、あいつからかたづけるわよ」

リュシエンヌやマリアンヌの演技もあって、別荘を包囲した男たちは、獲物が建物の内部にいる、と信じこんでいる。前方のみに注意を集中しており、背後に勇猛かつ兇悪な敵が忍び寄っているとは想像もしていない。相手が女性なので甘く見ているのもたしかだった。

涼子の戦略と戦術のセンスに、私は舌を巻いた。まず通訳役をかたづけて、日米混成チームの意思疏通を破壊する。指揮の統一がとれなくなったところへ、思いもかけぬ方角から奇襲をかけて各個撃破しようというのだ。しかも戦場は、涼子のいわば庭である。そこへおびき寄せたのが、第一歩の勝利だ。

私の感歎をよそに、涼子は麻酔銃の銃口を持ちあげた。日本人らしい男の後姿をねらい、かるく引金《トリガー》をしぼる。

男の頸筋《くびすじ》に小さな羽根が生《は》えた。突き刺さった針が一瞬のうちに麻酔薬を注入する。

男はかるく両手をひろげた。右まわりに振り向こうとしたのは、襲撃者の正体をたしかめるためだろう。だが完全に振り向くより早く、ひざが曲がり、腰が落ちた。口を開けたまま、だらしなく地面にころがる。それでもトランシーバーはつかんだままだ。

私は飛び出して男の両足首をつかみ、ヤブのなかに引きずりこんだ。いそいで男の全身をさぐる。

「拳銃はある？」

「ありました。マカロフですね」

闇社会の日本人が、ロシア製の拳銃を持って、アメリカの大富豪のために働いている。ずいぶん国際的な話だ。

「トランシーバーの他に携帯電話もあるわね。よし、まとめて没収」

「バッジもあります。たぶんこいつは中宮《なかみや》組の者ですね」

近年、関西方面から勢力を伸ばしてきた暴力組織だ。東京の別宮《べつみや》組と手を結び、麻薬や人身および臓器売買であくどく稼《かせ》ぎまわって、「東西二宮連合《とうざいにのみやれんごう》」と称している。好きになれないやつらだ。

涼子の指示で、私は建物の左側へまわりこんだ。涼子自身は右側へ。樹木やヤブを縫って二〇秒ほど進んだとき、日本人の男に出くわした。ノコギリ状の刃を持つごついアーミーナイフを手にしている。

III

「あなたは何者ですか。ここは私どもが占拠している場所ですから、関係ない方にはいりこまれては迷惑です。お帰りください。でないとこまったことになりますよ」

　そういう意味の言葉を、極端に下品なエセ関西弁で告げると、男はアーミーナイフをズボンの尻ポケットにしまい、下顎《したあご》を突き出し、白眼で私をにらみつけながら、ボクシングのポーズをとった。客観的な実力は不明だが、自信はありそうだ。

　私は無言で一歩さがった。男は前歯をむき出し、左右のパンチをかるく繰《く》り出しながら二歩前進する。おもむろに私は右手を前に出し、ウォーターガンの引金《トリガー》をひいた。

　トウガラシ溶液で両眼を直撃された男は、両手で顔をおおって咆《ほ》えた。

「うがあ、このヒキョーモン！」

　そういわれると、すこしばかり良心が痛むが、不法侵入者がボクシングを得意とするからといって、こちらがつきあう義務はない。男がこわれた風車みたいに両腕を振りまわしはじめたので、私は彼の後方にまわりこみ、肩をかるくたたいてやった。

　男は振り向き、眼が見えない状態のまま突進した。サイドステップして私が身体を開くと、男はそのまま突進をつづける。一〇歩ほどで樹木の幹に正面衝突した。はでな音をたててひっくりかえる。

　近づいてみると、気絶した男の額にコブができ、みるみる大きくなっていく。放っておいてよさそうなので、あらたな敵が出現しないうちに、私はその場を離れた。

　敵の目標は、薬師寺涼子とその一味を生かしてとらえ、アーテミシア・ロートリッジの「遺書」を奪取することにある。だからこそ、私たちのつけこむ余地があるのだ。殺害を目的として、手段を選ばず攻撃されたら対抗しようはない。マシンガンを乱射されたり、致死性《ちしせい》のガスを流されたりしたら、いくら薬師寺涼子でも生きてはいられない。たぶん。

建物の北側は、サービスヤードというのか、ガレージやら物置やらが配置され、身を隠すのにつごうがいい。敵にとってもつごうがいいわけだ。用心しつつ進んでいると、あせったような英語が聞こえた。左手にトランシーバーを持ち、応答がないのにいらだったようすの男は、昨日、アーテミシアにしたがっており、マリアンヌや私と立ちまわりを演じた男のひとりだった。

視線があってしまった。相手も私の顔をおぼえていたようだ。より正確には、額の包帯を見て、記憶をよみがえらせたらしい。優越感に満ちた、いやな笑いかたをした。傷ついたシマウマに近づくハイエナ、といえば、ハイエナに失礼だろう。

男が叫んだ。あまりに早口でしかも滑舌《かつぜつ》が悪いので、一〇〇パーセントは理解できなかったが、「ジャップ」という単語がまじっていたようだ。

拳銃を向けようとして、私の持つ銃に気づいた。警戒の表情になる。左手のブラックジャックを上げようとする。その瞬間、私は手の拳銃を男の顔めがけて投げつけた。

回転しながら、たぶん時速一〇〇キロ以上で宙を奔《はし》った金属の塊《かたまり》は、男の顔面を直撃した。

男はもちろん暴力や戦闘技術のプロだった。昔の西部劇みたいに正面から撃ちあっていれば、彼が勝ったにちがいない。だが、撃つ前から拳銃を投げつけるような非常識な相手に遇《あ》ったのは、はじめてだったろう。意表を突かれて半瞬だけ動きが遅れ、銃声をたてることを恐れてさらに半瞬の遅れが生《しょう》じた。かくして、男は鼻柱をくだかれ、苦痛の悲鳴と血をまきちらしながらのけぞった。

私は身を低くして突進し、相手がかろうじて踏みとどまったとたん、胃のあたりに拳《こぶし》を沈めた。手首をひねる。われながら感心するほど決まって、男は今度は胃液を吐きながら地ひびきたてて横転《おうてん》した。

ほとんど同時に、私の左側でも重い音がした。拳銃をかまえたままの男が、頸部《けいぶ》に麻酔弾の羽根をはやしたまま地にころがった。

涼子の勇姿が見えた。何人もの男が追いすがる。建物の反対側から、闘いつつ駆けて来たのだ。

「凶器準備集合罪！」

「住居不法侵入！」

ひと声ごとに侵入者たちが倒れていく。

「銃刀法違反！」

男の手から拳銃が蹴り飛ばされる。狼狽《ろうばい》した男が上着の内ポケットに手を突っこんだ。アーミーナイフを半ば引き出したとき、顎を蹴りあげられて吹っ飛ぶ。そのときすでに涼子は四人めと渡りあっていた。

「器物損壊！」

顔面に肘《ひじ》がたたきこまれる。たぐいまれな美しい肘だが、被害者にとっては何のなぐさめにもならない。鼻下の急所に正確な一撃を受け、瞬時に気絶して、芝生の上に倒れこんだ。

「このアマ、ふざけやがって……！」

五人めが日本語でわめきながら銃の狙点《そてん》をさだめようとする。今度は私がそうはさせなかった。

手首のスナップをきかせて、ブラックジャックを投《とう》じる。重い砂をつめた黒い革袋は、うなりを生じて男の左こめかみに命中した。息を吐き出して大きくよろめく。

何とか踏みこたえようとしたのはえらいが、駆け寄った涼子が容赦なく腹部に蹴りをいれたので、よけいに苦痛を味わうだけの結果となった。男は身体を前屈させ、その姿勢をたもつことができず、顔から地面に落ちて動かなくなる。

涼子が私をかえりみて、「合格」という形に口を動かした。短い髪が乱れ、額に汗の珠《たま》が光って、生々《いきいき》と美しい。私はかるく一礼した。

ふと思いついたことがあって、私は自分の上着をぬぎ、先ほど倒した男の黒い上着を身につけた。イギリスではなくアメリカの既製服だったが、サイズはほぼぴったりだった。それから身をひるがえして建物の角をまわった。何者かと衝突しそうになる。日本語の怒号《どごう》がひびいた。

「こら、前方に注意したらんかい、あぶないやないか！」

黒い上着を見て、味方だと即断《そくだん》したらしい。

「ごもっとも」

そういって、私はスタンガンを男の鼻先に押しあてた。男は白眼をむき、手にしたブラックジャックをとり落とした。全身を慄《ふる》わせ、

「あぶないて言《ゆ》うたやないけ……」

ぼやきながら地面にへたりこむ。一〇分間ぐらいは動けないだろう。軽い足どりで近づいてきた涼子が、私と倒れた男とを見くらべて、口もとをほころばせた。

これがハリウッド製アクション映画なら、もう一〇人ぐらいは死んでいるところだが、私たちは平和国家の公務員だ。殺さずに捕縛するのが、名誉ある行為というものである。ただし、今日の場合、つかまった後で、死んだほうがましだと思うような目にあうかもしれない。

視界の隅で何かが光った。

涼子が右へ、私が左へ飛ぶ。ふたりの中間に位置する建物の壁に、音をたててアーミーナイフが突き立った。見ると、赤毛を乱した男が二本めのナイフを手に駆け寄ろうとする。

涼子の手から蛇《へび》が飛んだ。

そう見えたのは革《かわ》の鞭《むち》だ。口笛のような鋭い音は空気が裂けた証拠だった。ただ一閃で、赤毛の男は顔面と右手首とを同時に強打されている。

アーミーナイフが地に刃先を突き立て、その所有者は鼻と口から血をまき散らしながら一回転して倒れた。

重い地ひびきが消え去らないうちに、ふたりの男が涼子に躍りかかった。駆けつけようとして私が目撃したのは、まさに神技だった。すでに宙に舞っていた鞭は、高々と跳躍したひとりの両足首にからまっている。半瞬後には涼子は鞭を手放し、優雅に身をひるがえして、もうひとりの男をかわした。

最初の男は空中で身体の自由をうしない、狼狽《ろうばい》の叫びをあげつつ地面に落下した。両足首に鞭をからませたまま、屈せず起きあがろうとするところ、駆け寄った私が靴の側面を頬にたたきこむ。男は血と、折れた奥歯を吐き出して地に突っ伏した。

そのときすでに、もうひとりの男も地にくずおれて苦悶している。涼子は身をかわし、彼をつんのめらせると、後方から彼の股間をしたたか蹴りつけたのだ。身もだえする男の頸筋《くびすじ》に涼子が手刀をたたきこんで、ナサケヨウシャなく気絶させた。

「これで終わりかな」

「さあ、どうでしょう」

「ミレディ！」

鋭く呼びかける声はマリアンヌのものだ。つぎの瞬間、ナイフを腰だめにした男が涼子めがけて突きかかってきた。

「死ねやあ！」

銀色の閃光。ななめ上方から男の顔面に激突したのは、鎖のついた卵形の物体である。異様な音がしたのは、鼻柱が砕けたのであろう。右手にナイフをつかんだまま、男はもんどりうった。顔のまわりに赤い霧を散らしながら、地面にうつ伏して手足を慄わせる。

頭上を見やって、涼子が手を振った。二階の窓から応《こた》えて手を振るのは、ふたりの勇敢なメイドだ。彼女たちは上方から、忍び寄る敵の姿を確認し、女主人《ミレディ》に警告を発するとともに、武器を使って援護したのである。

メイドたちの報告で、侵入者の全員がかたづいたことがわかった。私は念のため建物の周囲をまわり、四人のアメリカ人と八人の日本人の倒れた姿を確認した。アメリカ人のひとりの胸で銀色にかがやくものがある。英語の文章をきざんだバッジだった。

「神のもとにひとつの世界《ワン・ワールド・アンダー・ゴッド》」

慄然《ぞっ》とした。

「神のもとにひとつの国家《ワン・ネーション・アンダー・ゴッド》」

というのはアメリカ建国のフレーズで、いいかえれば「神国アメリカ」ということである。たいていの日本人はアメリカを自由で民主的な近代国家だと信じこんでいるが、じつは古いヨーロッパの国々よりはるかに宗教色の強い神権《しんけん》国家で、自由も民主主義も神あってのものなのだ。大統領は就任するとき、聖書に手を置き、神に対して宣誓する。無神論者や仏教徒が大統領になることは絶対にありえない。

私は一二人全員の所持する武器をとりあげた。拳銃やらナイフやら、かかえきれない量になったので、黒い上着をぬいでまとめてつつんだ。涼子のもとへ帰りながら、ふと私は、最近知ったアメリカの歴史を想いおこした。

IV

アメリカの歴史上、暗殺された大統領は、リンカーン、ガーフィールド、マッキンリー、ケネディの四人だが、一九二一年に就任したハーディングにも暗殺された可能性がある。

ハーディング大統領は善良で親切な紳士だったが、政治家としては無力だった。もともと共和党の大ボスたちが、あやつり人形として選び出したのだ。彼は親しい友人や知人を政府の要職につけたが、これがいずれもろくでもない連中で、大統領の信頼をうらぎり、汚職や巨額の公金横領や不正人事、不正入札、情報漏洩《ろうえい》など悪事のかぎりをつくした。大統領官邸《ホワイトハウス》は犯罪者の巣窟《そうくつ》と呼ばれ、ハーディング政権はアメリカ史上最低最悪の腐敗集団と称されるようになる。

　一九二三年にはいって、事件の関係者がつぎからつぎへと変死しはじめた。まず、容疑者のひとりが入浴中に何者かに射殺された。つぎに司法省の幹部で汚れた金《ダーティーマネー》を受けとった人物が、これまた射殺された。

　三人めの死者は、ハーディング大統領自身である。「友人たちは私を裏切った。おかげで夜も眠れない」と歎《なげ》いていたハーディングは、アラスカへ視察に出発したが、途中で体調をくずし、サンフランシスコで急死した。臨終のとき、大統領の病室にいたのは夫人だけだった。死因について、侍医のソーヤーは食中毒を主張したが、他の医師は承服せず、遺体の解剖を求めた。大統領夫人は頑として解剖を拒否し、正確な死因はついに判明しないままだ。

　副大統領のクーリッジが昇格して、あたらしい大統領となったが、その直後、ソーヤー医師が自宅で急死。ついでハーディング前大統領夫人も急死した。どういう事情でか、夫の死後、彼女はソーヤー医師と同居していたのだ。

　さらに、「事件についてすべて話す」と新聞記者に語った弁護士が、記者会見の直前にアルコール中毒で急死。議会での証言を予定されていた上院議員が急死。逮捕寸前の司法省高官が急死。逮捕され起訴されていた内務省高官は秘書に殺害され、その秘書は自殺。

　これでようやく変死のパレードは終わったが、一年あまりの間に一〇人が謎の死をとげ、しかもそのなかに大統領夫妻がふくまれていたのだから、アメリカは大騒ぎになった。だがいくら大騒ぎになっても、クーリッジの新政権は真相解明のために何もせず、すべては闇に葬られた。

　それから四〇年後、アメリカの悪夢は再現される。前回の悪夢が白黒《モノクロ》だとすれば、今回は天然色《フルカラー》だった。ちがいはというと、ハーディング大統領が暗殺されたのは密室の可能性にとどまるが、ケネディ大統領が暗殺されたのは白昼、何万人もが目撃した事実だったことである。そして、まったくおなじだったのは、事件の関係者がつぎからつぎへと怪死・変死をとげていったことだ。

　どんな国家にも暗黒面はある。元首が暗殺されて真相が解明されないのは、アメリカだけのことではないだろう。ただ、自由だの正義だの人権だの繁栄だの世界平和だの神の国だのという宣伝がごりっぱなほど、かえって闇は濃くなるものだという気がする。ハーディングの事件を私が知ったのは、一九二〇年代を舞台にしたアメリカの探偵小説を読み返して、時代背景に興味を持ったからだ。

　ロートリッジ家のかかえるアメリカ特権階級《セレブ》の闇について考えながらもどってみると、涼子はメイドたちをしたがえ、戦場を巡察する女将軍《レディゼネラル》よろしく、倒れた敵の姿を見おろしていた。楽しげにハミングしている。

「さあてと、こいつらをどう料理してやろうかな。まずそうだけど、よく火を通して香辛料《スパイス》で臭《くさ》みをごまかせば何とかなるでしょ」

「あのう、警察にまかせてはいかがでしょうか」

「何いってるの、あたしたちが警察でしょ！」

「つい忘れていました」

というより、忘れてしまいたいところだ。

　犠牲者はすぐに選び出された。というのも、侵入者たちの大半は気絶しており、意識があるのは日本人の男ひとりだけだったからだ。私がスタンガンで倒した相手だった。

　私はその男を涼子の前に引きすえた。涼子はかがやくような微笑をたたえて右手を横に伸ばした。その手に、リュシエンヌが、蓋《ふた》をしたガラス瓶をていねいに載《の》せた。

「ここにあるのは軽井沢名物の蜂蜜《はちみつ》です」

　やさしく甘い声も、邪悪さを隠しおおせることはできない。男が兇暴そうな三白眼《さんぱくがん》に怯《おび》えの色を浮かべた。

「そして、あそこの樹《き》の蔭《かげ》に、蜜蜂《みつばち》の巣がありまーす」

涼子が左手で指さす先に樹々のかたまりがあって、よく見れば虫の群れらしいものが宙に浮かんでいる。

「ちょっともったいないけど、この高級特選アカシア蜜をひと瓶、あなたのパンツのなかに流しこみます。さあ、そうするとどんなことになるでしょう」

想像力の貧困そうな男だったが、どんなことになるか充分にわかったらしい。私に襟首をおさえつけられたまま、じたばたしはじめた。

「さあ、キリキリと白状おし。でないと、あんたのパンツに何百匹もの蜜蜂をたからせてやるからね」

「お、鬼！　悪魔！」

「オッホッホ、日本の平和を守るためなら、あたしは鬼にも悪魔にもなることをいとわなくってよ！」

ウソだ、日本の平和なんかどうでもいいくせに。

「さあ、泉田クン、こいつのズボンを下げて、パンツのなかに蜂蜜を流しこんで」

「え、私がやるんですか⁉」

「当然でしょ。マリアンヌもリュシエンヌもそうだけど、何だって嫁入り前の娘が、こんなキタナイ男のバッチイ下着に手をかけなきゃならないのさ。パンツを全部ぬがせる必要はないから、さっさとおやり」

「ワシのパンツはバッチクないぞ。今朝、着替えたばかりや」

男が抗議する。よけいなお世話だが、抗議の方向性が、どうもちがうような気がするぞ。

「女や子どもを襲撃して拉致しようなんて根性の腐ったやつのパンツ、バッチイに決まってる！　だいたい、自白剤を使用するのを制止したのは泉田クンでしょ。責任をとって、こいつのパンツのなかに蜂蜜を流しこみなさい！」

歴史上はじめてだろうなあ、発言の責任をとって男のパンツのなかに蜂蜜を流しこむよう強要された警察官は。

抵抗をあきらめて、私は涼子の手から蜂蜜の瓶を受けとった。できるだけ沈痛《ちんつう》な表情をつくる。

「聞いてのとおりだ、悪く思うなよ」

「思うわい！」

「そうか、しかたないな」

「こら、やめんか、男のベルトはずして、何が楽しいねん！」

「楽しくてやってるわけないだろ！　公務員の苦労を思い知れ！」

「わっ、やめて、オカーチャーン！」

低次元の争いをやっていると、後ろで物音がおこり、救いを求める人声がひびいた。

「いたた、やめろ、やめさせてくれ……！」

見ると、リュシエンヌがひとりの男の右手首をねじあげ、その背中に両ひざをつけて、完全に押さえこんでいる。一三人めの暴漢かと思ったが、ちがった。顔も体型も暑くるしいが、着ているのは涼しげな夏の制服で、つまり長野県警本部長であられた。

あわてて私は駆け寄り、身ぶり手ぶりもまじえて、可憐《かれん》な美少女の手から、暑くるしい中年男を救い出した。

「な、何なんだ、このメイドは」

「失礼いたしました。あやしい者は退治するよう、しつけられておりまして」

「私のどこがあやしいというのだ!?」

「そういえば、パトカーのサイレンが聞こえませんでしたが」

本部長は返答に窮《きゅう》したようだ。薬師寺涼子に脅されて情報を漏洩《ろうえい》したものの、結果が気になって、こっそり確認に来たのだろう。

制服と私服、あわせて三人の警官が、おそるおそる近づいて来る。もちろん本部長のオトモだが、何人もの男が倒れているのに胆《きも》をうばわれたらしい。制服警官のひとりが警棒をにぎりしめたほどだ。中宮組の男がわめいた。

「あっ、オマワリさん、助けてくんなはれ、こいつら、ワシをハチの餌にするつもりなんや！」

「あら、本部長、ちょうどいいところへ。おかげさまで危険なテロリストどもをつかまえることができました。感謝いたしますわ」

白々《しらじら》しくいう涼子に、本部長は疑惑の眼を向けたが、もちろん確信は持てない。うかつなことを口にすれば、災厄の雷に直撃される。

「彼らがテロリストだという証拠は？」

「武器を持って、他人の家に侵入し、暴力をふるいました。現行犯ですわ」

「彼らのほうが暴力をふるわれたように見えるが」

「それがなぜか仲間割れしてトモダオレになりましたの。きっと言葉の壁が厚かったんですのね」

「ウソや……！」

叫びかけて男が悶絶する。本部長がちょっと横を向いた隙《すき》に、涼子が男のコメカミをなぐりつけたのだ。

「それで武器は？」

本部長にいわれて、涼子がメイドたちに差し出させたのは、マカロフにトカレフ、ブラックジャックやナイフなどだった。どうやら一部の物はすばやく隠してしまったらしい。

「これだけかね」

「あとは盗まれてしまいました」

「誰がそんなことを？」

「きっと猿《さる》のしわざですわ」

「サ、サル!?」

「ええ、本部長もご存じでしょうけど、ここ数年、軽井沢ではサルの害が増えておりますでしょ。畑を荒らしたり、店先の野菜や果物を盗んだり。あいつらが残りの武器をかっぱらったに決まってます」

本部長の顔に怒気《どき》がみなぎった。

「君、いいかげんにしたまえ。何だってサルが武器をほしがるんだ。サルどうしの争いに使うとでもいうのか」

「ええ、きっと進化途上のサルにちがいありませんわ」

飛びあがってどなろうとして、ようやく本部長は自分を抑《おさ》えつけた、ようである。必死に呼吸をととのえる姿を見ながら、涼子は、白昼の悪魔みたいにほほえんだ。

「あの、本部長、あたくし、やむをえず身を守っただけで、長野県警のおテガラを横奪《よこど》りする気などございませんわ。何とぞそちらで痛めつけて、何をたくらんでいたか自白をとってくださいましな」

本部長は二度、深呼吸すると、重々しく応じた。

「それはありがとう。御礼といっては何だが、マイラ・ロートリッジだがね、いま葛西敬吾《かさいけいご》の別荘にいるよ」

それは涼子が、侵入者を拷問《ごうもん》にかけてでも知りたいことだった。涼子の美しい眉がわずかに動いた。

「葛西というと……」

「アルカディア・グループの総帥《そうすい》だ」

「ああ、葛西敬吾、思い出しました。老人の福祉と医療を食い物にしているやつですね」

「そして助部幹事長のお気に入りだよ」

「そうか、さすがは歩く肉マン、史上最低の与党幹事長。刑務所の塀の上でスキップを踏む、いかがわしい虚業家《きょぎょうか》が、よっぽど好きなんですねえ」

「まったく、あれは病気だ。与党の政治屋《センセイ》に累《るい》がおよばないよう努《つと》める、警察《こちら》の苦労も察してほしいよ」

本部長が深くて重くて暗い溜息をつくと、涼子がうなずいてみせる。一瞬、キャリア官僚どうし、あたたかい友情が通《かよ》いあったかに見えた。

だが、しょせん錯覚だった。

「それじゃ、泉田クン、昼食をすませたら偵察にいって、今夜のうちに葛西の別荘に乗りこむわよ」

涼子が宣言したとき、私は見てしまったのだ。涼子のようすをうかがう本部長の顔に、せこい勝利感がひらめくのを。その表情が意味するものは何か、私は考えずにいられなかった。

第六章　疑惑の影

I

薬師寺涼子はふたりのメイドと私を引きつれ、オテガラを長野県警にゆずって別荘を出た。というのは涼子風の日本語で、通常の日本語になおすと、「あとしまつを押しつけて」になる。

これから拷問を開始する、という時点でジャマがはいったのは残念だろうが、とりあえず破壊欲と攻撃欲は満足させたし、ちょうど昼食の時刻でもある。すずやかな高原の風をあびて、二人乗り自転車のペダルを踏みながら、私の上司はまずまずゴキゲンであった。

「軽井沢のレストランもねえ、日帰り観光客用のお手軽なのが増えて、なかなか落ちつけないけど、まあましなのを予約してあるから」

そういいながら、レストランに直行するわけではない。まず涼子が向かったのは、アルカディア・グループの総帥である葛西敬吾の別荘である。二台の二人乗り自転車は、一〇分ほど走って目的地に着いた。路傍《ろぼう》に駐輪して眺めると、まず感じたのは異様さだった。

軽井沢の別荘とは開放的なものだ。大物政治家の別荘でも、低い木の柵《さく》や生垣《いけがき》、あるいは金網にかこまれているぐらいのもので、高い塀など見たこともない。コンクリートやブロックの塀は、条例やら協定やらで禁じられている。緑の小道を歩きながら左右の別荘を見物するのが、軽井沢の楽しみのひとつだ。

葛西敬吾の別荘を見たとき、私が想い出したのは、子どものころ見た『ロビンソン・クルーソー』

の挿画《イラスト》だった。ロビンソン・クルーソーは猛獣や海賊の襲撃から自分の小屋を守るため、周囲に高い柵をつくる。丸太《まるた》の先端を槍《やり》のようにとがらせ、外部から侵入できないようにするのだ。

それとおなじものが、葛西敬吾の別荘をとりかこんでいた。高さ三メートルはありそうな、先のとがった丸太の柵。それがびっしり立ち並んで、一辺一〇〇メートルをこす広大な敷地を護《まも》っているのだ。

しかも、ロビンソン・クルーソーが絶対に持っていなかったものが具《そな》えられていた。監視カメラだ。それもひとつではない。とがった丸太の間に鉄柱が立てられ、その上に監視カメラが載《の》っているのだが、算《かぞ》えてみると八個もあった。

「どう思う、泉田クン」

問いかける涼子の声には、別荘の所有者に対する冷笑がこめられている。別荘など持てる身分ではないが、私も同感だった。

「こんな要塞《ようさい》じみた別荘、はじめて見ましたよ。何をそんなに恐れているんでしょうね。クマやサルはともかく、軽井沢は治安のいい土地ですよ」

その治安のいい土地で、毎日さわぎをおこしているのが私たちだが、その点には触れないことにする。

「ま、ずいぶん他人の怨みを買っているからね。本気で暗殺やテロを恐れているかもしれない。自業自得だと思うけどね」

涼子は私に自転車をあずけると、軽快に降り立った。ブランド物のスニーカーをはいた足で、柵へ近づいていく。

「きっと監視カメラに映《うつ》りますよ」

「かまいやしないわよ」

「マイラ・ロートリッジがこのなかにいるとして、彼女に存在を気づかせるためですか?」

「そういうこと。それにしたって肖像権の侵害だけど、まあいいわ、どうせカメラごと無効にしてやるから」

涼子は両手をかるく腰の後ろで組み、わざとらしく柵の近くを右へ左へと歩いた。柵の内側で音が発生した。敵意に満ちた動物のうなり声が、たちまち咆哮《ほうこう》に変わる。

「犬がいますね」

「イヤになるくらい類型的よね。どうせなら狼男か半魚人でも飼ってりゃいいのに」

柵の内側には樹々が緑豊かに梢《こずえ》をひろげており、二階の窓さえよくは見えない。四季《フルシーズン》使われる別荘は、冬の厳しい寒さにそなえて窓が小さくつくられているものだが、その点に関するかぎり、この別荘は前例を守っているようだ。

「だれか出てこないかなあ。門を開けて飛び出してきたら、こっちのものだけど」

涼子はトラブルを期待しているようだが、結局、何ごともおこらなかった。中世ヨーロッパの城館の門みたいな高くて厚い鉄の扉《とびら》は、環境との調和を無視し、ひたすら冷たく、涼子の前にそびえたっていた。

このなかに、マイラ・ロートリッジやモッシャー博士がいるのだろうか。圧倒的なまでに大きい洋館だが、これまた条例で二階までしか建てられない。地下室があるのかもしれないが、それは外からは確認しようがなかった。

葛西敬吾はもともと厚生労働省の官僚で、例によって例のごとく老人の福祉をとりあつかう特殊法人に天下りして理事長となった。「改革民営化」という名前のもとで、いいかげんな国有資産の払い下げが強行されたとき、どさくさまぎれに新会社の会長となり、以後、絶対的な権力をふるうようになった。「老人福祉を食い物にしている」と涼子がいうとおりである。

老人を施設にいれる。最初に何百万円もの入所料と、やはり何百万円もの保証金をとり、それからは毎月の介護《かいご》料だの、車椅子の使用料だの、更新料だので、くりかえし絞《しぼ》りとるのだ。支払いを拒否すると、施設から追い出されたり、病気になっても治療を受けさせてもらえず放置されたりする。たまりかねた被害者や家族が、全国各地で裁判をおこしはじめているが、暴力団を使って脅しをかけ、もちろんそれも問題化している。

「ロートリッジ家とのかかわりは、ビジネスでしょうか、宗教でしょうか」

「両方かもね。それにしてもシャクにさわるやつ。こう門をかためて籠城《ろうじょう》されたんじゃ、さしあたって手の出しようがないわ」

「監視カメラの前で、柵を乗りこえるわけにはいきませんね」

「そうなると、今度は、あたしたちが不法侵入ってことになるわよねえ」

「つかまえられて警察に突き出されても、文句はいえませんね」

お恥ずかしい話だが、女子寮に忍びこんだり、痴《ち》漢《かん》行為だの万引だのでつかまる警察官は、毎年いくらでもいる。新聞やTVで実名が報道され、たとえ不起訴になっても懲戒免職《ちょうかいめんしょく》は確実だ。

ようやく私は腑《ふ》に落ちた。

「なるほど、本部長はそれをねらっているわけですか」

「そういうこと」

涼子は辛辣《しんらつ》な笑みを浮かべた。

「あたしに恥をかかせて警察をやめさせる。ついでにあたしの家を強制捜査して、つごうの悪い資料をすべて押収する。本部長《あいつ》ひとりの利益になるだけじゃなくて、あちらにもこちらにも恩を売れるからね。実力はせいぜい県警本部長どまりのくせに、もっと上にいけるかも、とかバラ色の夢を抱いてるんじゃないの」

頭上を鳥の影がよぎっていった。クロツグミだろうか、シジュウカラだろうか。

「怨みを買っている、という自覚はあるんですね」

「サカウラミならね」

「だったら、もうすこし自重《じちょう》してください。あなたの敵が網を張っているところに、わざわざ飛びこむ必要はないと思います」

からかうような視線が私に向けられた。

「へえ、あたしのこと心配してるの」

「そりゃ心配ですよ」

何をしでかすか心配でたまらないのだが、私の上司はすこし別の解釈をしたらしい。もったいぶったようすでうなずいた。

「それじゃ、よけいな心配はかけないようにしてあげる。感謝しなさい」

「しますします」

「しますは一度でいいの」

私たちは葛西邸の前を離れ、南下して、五分たらずで「大賀《おおが》通り」へとやってきた。

「大賀通り」とは軽井沢の東部にある街路だが、昔は名前なんてなかった。「大賀ホール」という音楽ホールが建てられてから、その前の街路が「大賀通り」と呼ばれるようになったのだそうだ。やたらと幅が広く、歩道もついているが、いまは人も車も姿がなく、閑散《かんさん》としている。

「大賀ホールってのは、国や県が税金で建てたんじゃなくて、個人が資産を投じてつくったものなの」

「えらいものですねえ」

スナオに私は感動した。文化や芸術に関心のあるオカネモチなんて、日本には存在しないと思っていた。軽井沢全体の土地の二〇パーセントを所有する大企業のオーナーなんか、公共のための施設などひとつも建てたことがない、という。駅の南側に巨大なショッピングセンターをつくったが、お客は他所《よそ》からやってきてセンター内に車を駐《と》め、センター内で買物と食事をすませてそのまま帰っていく。地元には一円のおカネも落ちない。地元と共存共栄する意思がまったくないから、おどろくほど嫌われているのだ。

大賀ホールの隣が矢ヶ崎《やがさき》公園で、広い池にしゃれた木造の橋がかかっている。私たちは適当に自転車をとめ、心地よい風に吹かれながら、ぶらぶら歩きで橋を渡った。

橋の上から、私は西北の方角をながめた。離山《はなれやま》と呼ばれる小山、といっても標高は一三〇〇メートル近くはあるわけだが、その向こうに浅間山が見える。中腹に小さな灰白色《かいはくしょく》の雲がかかっているが、それ以外は青空の下に青緑色《せいりょく》の山容《さんよう》を堂々とくつろがせていた。

手摺《てすり》に手をかけると、涼子が私の隣に並んだ。

「どう、噴火しそう?」

「おだやかなものですよ」

「あら、ホントだ、煙ひとすじ上ってないわ、のんびりしたものね。活火山のくせに、アイデンティティを見失ってるんじゃない?」

「不謹慎な冗談はやめてください。地元の人に怒られますよ」

私は視線を動かした。先ほどから気になっていたのだが、ワイシャツ姿の二人組が橋のたもとで所在なげにたたずんでいる。

II

「どうしたの、泉田クン?」

隠しておいても、しようがない。

「長野県警本部長どのが、オトモをつけてくださったようですよ」

「ああ、あのさえないオジサンたちか」

涼子も気づいていたらしいが、歯牙《しが》にかけるようすもない。マリアンヌとリュシエンヌはといえば、女主人《ミレディ》と二人組とを交互に見やって無言。涼子の命令一下、橋を駆け下って曲者《くせもの》を排除しようというカマエだ。

たぶんワイシャツ姿の二人組は、葛西邸の近くでも、涼子が何かしでかすのを見張っていたのだろう。

「真実を知られるくらいなら、ウソを書かれるほうがマシだ」

というのが、巨大組織の病理というやつで、これは警察も自衛隊も検察もおなじこと。だから多少おちょくられても、小説や漫画やTVドラマに、いちいちメクジラは立てない。同時に、うるさい新聞などは記者クラブ制度で味方に取りこむ、というわけだ。

警察の場合、知られてこまることの半分ぐらいは薬師寺涼子がらみではないか、という気もするが、まさかそんなことはあるまい。

「彼らをいじめるのは、やめてくださいよ。下っぱは上からの命令で動いてるだけなんですから」

「わかってるわよ。小物をいじめたってしかたない」

涼子が脚をまっすぐ伸ばして歩き出し、オトモたちも彼女につづく。橋を渡り終えると、リゾートというより単なる地方都市という感じの、乾いた街並みになる。それでも緑はあるのだが、緑以上に多いものがあった。

「ずいぶん犬をつれた人が多いですね」

「お犬さま大歓迎というのが、ここ何年か軽井沢のコンセプトなの」

何でも、「ペットおことわり」という他の高原リゾートに対抗して、そう決めたのだそうだ。優雅に見えても、商売である以上、苦労も工夫《くふう》もつきものである。

それにしても、いることいること。地球上に存在するあらゆる犬の種類が集合したかのようだ。シベリアンハスキー、シェパード、ゴールデンレトリバー、ダックスフント、秋田犬、土佐犬、ドーベルマン、グレートデン、セントバーナード、ブルドッグ、フォックステリア、チャウチャウ、チワワ、プードル……あとは品種もわからない。いくら何でも多すぎると思ったら、立看板が出ていて、矢ヶ崎公園で「ドッグ・フェスティバル」という催《イベント》しがあるということがわかった。歓迎されるイヌと歓迎されないサルとが、どうやらこの避暑地で覇権をあらそっているらしい。

　レストランにはいったのは、午後一時すぎだった。午前中にずいぶん運動したし、朝食は食べた気がしなかったので、私は空腹をかかえていた。軽井沢で昼食ともなれば、樹蔭《こかげ》で緑の風に吹かれながら、イギリスの怪談集を手にコーヒーでも、といきたいところだが、そんなゼイタクは望めない。

　大賀通りからすこし歩いた林のなかのレストラン兼ペンションで、カフェテラスの席に着く。六人用の広い席だ。ヒヨコの絵を描いたエプロン姿のマスターには、私が充分ゼイタクに見えたにちがいない。ちょっと類のない美女および美少女たちと同席しているのだから。表面的な幸福を一枚めくると、黒々とした深淵《しんえん》が見えるものだが。

　料理はケベック風だとかで、ソバ粉の薄焼《ガレット》き、メイプルシロップでほんのり甘みをつけたオムレツ、ワイルドライスをなかに詰めてチーズをのせたトマトのファルシ、タンポポのサラダ、鱒《ます》のグリル、クレソンの冷製スープなどがテーブルにならんだ。

　満面に笑みをたたえたマスターがやってきて、「お味はどうですか」と問うついでに、いろいろ話をしていく。

「軽井沢にはもともとサルなんかいなかったんですよ。二〇世紀の終わりごろからですかね、やたらと姿を見せるようになったのは」

　おとなり群馬県の山間部に棲息《せいそく》していたサルの一群が、勢力あらそいに敗れたかどうかして、県境の山をこえ、軽井沢に落ちのびてきた。そこに安住の地を見出したのはけっこうなことだが、どうやら安易な生活方法を知ってしまったようで、畑を荒らす、学校の実習用の菜園を荒らす、民家や別荘に侵入して食物をうばう、ゴミ袋を引き裂いて生ゴミをあさる。住民も別荘滞在者も町役場も、こまりはてているそうだ。

「対策を立てなきゃ、リゾートとして町の存亡《そんぼう》にかかわりますが、なかなかいい知恵もありませんでね」

眼鏡《メガネ》に口髭《くちひげ》のマスターは、いつまでも美女たちの傍《そば》にいたいようだったが、あたらしい客が来たので残念そうに離れていった。

するとすぐ、メイドたちが小さなピンク色の携帯電話みたいなものを涼子に手渡した。

「それは何です?」

「受信器。本部長の身体に盗聴器をつけといたのよ」

「いつ、そんなことを!?」

「リュシエンヌが本部長の腕をねじあげて組み伏せたでしょ。君が飛んでいって助けおこしたけど、そのときリュシエンヌが本部長の襟《えり》の裏にくっつけたの。まあ実際に使うかどうかは別だけど」

「気がつきませんでした」

私は恥じいった。可憐《かれん》な美少女から暑くるしい中年男を救出する、という行為があまりに不本意だったものだから、なるべく本部長の顔を見ないようにしていたのだ。

「リュシエンヌのお手ぎわはたいしたものですが、露見《ろけん》したらまずいですよ」

「そうね、服をクリーニングに出すときなんかにバレるかもね。でも、そんなことオオヤケにすると思う? 問題化するのがこわいから、必死になってもみ消すわよ」

反論する必要はなさそうだった。

涼子は、日本人が持っていたマカロフとトカレフは長野県警本部長に渡してきたが、アメリカ人が所持していた銃は自分のものにしてしまった。「進化途上のサル」たちに罪を着せて、法的には存在しない武器を手にいれたわけだ。進化するって、道徳的に低下することだったんだなあ。

「ベレッタ・モデル92FSが三丁あるから、これは泉田クンとマリアンヌ、リュシエンヌに貸してあげる。ブローニング・ハイパワーは、あたしが使うわ」

もちろん弾丸がついている。確認したら、私が「下賜《かし》」されたベレッタには一四発はいっていた。

他に客の数はすくなく、距離もはなれていたので、見とがめられることはなかったが、早々にサマースーツの内ポケットにしまいこむ。

これで私も共犯になったわけだ。押収した証拠物件の私物化。使用せずにこしたことはないが、使用したら警察もツジツマあわせに苦労するだろう。

それにしても、こんな剣呑《けんのん》なものを、どうやって日本国内に持ちこむことができたのか。

涼子と私の意見はすぐに一致した。マイラ・ロートリッジは自家用ジェット機で日本に到着し、貨物は外交行嚢《こうのう》のあつかいを受けて税関はフリーパスだったのだろう。あるいはボディーガードたちは軍用機に便乗してアメリカ軍基地に着き、武器を持ったまま堂々と基地の外に出てきたのかもしれない。いずれにしても、日本国内に存在するはずのないものだ。

「まったく、我ながら感心するわ。天に替《か》わって悪を討つ。どんなときでも仕事第一になっちゃうのよね」

「仕事でしょうかね。たしか休暇を楽しみにしていらした、と、そう聞いたような気がしますが」

「ああ、あれはお由紀の生霊《いきりょう》があたしにとりついて、心にもないことをいわせたのよ。イヤね、低俗霊って」

「誰が低俗霊ですって？」

初夏のはずなのに、秋風が吹きつけてきたようだった。振り向いた視線の先に室町由紀子が立っていることを知ると、涼子は立ちあがりざま、両手の人差指を交差させて十字架の形をつくった。

「悪霊《あくりょう》退散！」

「そんなつまらないギャグは、鏡でも見ながらおやりなさい！」

美女どうしのにらみあいで、清涼な高原に火花が散る。さすがにリュシエンヌとマリアンヌもどう対応したらいいか迷っているようなので、私が口を出すしかなかった。

「室町警視は東京にお帰りになったものと思っておりましたが……」

「朝いったん帰京したの。助部幹事長をお送りして」

「それはたいへんお疲れさまでしたが、もしかしてトンボ返りなさったのですか」

「ええ、東京駅に警備部長と刑事部長がおそろいで待ちかまえていらして……」

うわあ。

「すべてお涼のせいなのよ」

「へえ、あら、そう！　浅間山が噴火するのも、北極の氷が融《と》けてシロクマがおぼれるのも、あたしのせいだっていうわけ!?」

「地球環境はともかく、警視庁内環境についていってるの。両部長がおっしゃるには、昨晩のホテル火事について、公言はできないが長野県警に全部まかせるわけにいかないから、捜査に協力してこい、協力の必要はないといわれたら、そのときは言質《げんち》をとった上で帰庁《きちよう》せよ、ということなの」

III

もっともな話だった、表面的かつ形式的には。しかし私は、両部長がどれほど薬師寺涼子を恐れているか知っている。彼らは涼子を牽制《けんせい》するために由紀子を送りこんだにちがいない。

「それにしても、よくこの場所がおわかりでしたね」

「それは……」

いいさして、なぜか由紀子が口ごもる。するとたちまち涼子が強気に出た。

「へえ、尋《き》かれて答えられないところを見ると、よっぽどウシログライ事情がありそうね。善良な地元の住民を拷問にでもかけたの？」

「そんなわけないでしょう！　あなたじゃあるまいし」

「じゃ、どうやって、あたしたちの居場所がわかったのよ。とっとと白状おし」

涼子がつめよる。そんなえらそうな口がきける立場か。

「べつにむずかしいことではなかったわ。頭に包帯を巻いた背の高い男の人が、やたらとハデな女性に引っぱりまわされているところを見なかったか、と町の人に尋ねてみたら……」

「へえ、泉田クンも有名になったものね」

「……ちがうと思います」

客のいないテーブルの間を、マスターが右へいき、左へ歩いている。あらたな美女の出現に興味津々《しんしん》だが、近づきがたい雰囲気を察しているらしい。


「ええと、室町警視はおひとりでいらしたのですか」

答える由紀子の声に、何とも微妙な調子がまざった。

「いえ、岸本警部補がいっしょよ」

「いま姿が見えないようですが」

「軽井沢高原署に知人がいるとかで、挨拶にいってるの」

由紀子は知らないようだが、岸本の知人というのはオタクにちがいない。岸本が張りめぐらすオタク・ネットワークは、ジャッキー若林の女装愛好家ネットワークに匹敵するかもしれない。何だか江戸時代の「隠れ切支丹《キリシタン》」みたいである。

「どのみち、長野県警に話は通しておいたほうがいいから。必要ならわたしが長野市までいくけど」

「あーら、ご苦労さまねえ、長野市は盆地だから暑いわよ。せいぜい日射病にお気をつけあそばせ」

「ご忠告ありがとう。それより、お涼、あなたはともかく、泉田警部補の休暇届《とどけ》はどうなってるの？」

「泉田クンの休暇届はちゃんと出してあるでしょ」

「だれが書いて、だれが出したの？」

「………」

「泉田警部補本人の承諾もなく、別人が書いて出したのなら、私文書偽造よ。れっきとした犯罪で、懲役五年以下になります」

「だとしても、そんなもの、とっくに時効よ」

「たった二、三日で時効になるわけないでしょ！」

由紀子がにらみつけると、涼子は馬耳東風《ばじとうふう》の態《てい》で、カフェテラスの床をリスが走りぬけるのをながめている。こういう場合、自分で自分の顔が見えないのはサイワイだ。

「泉田警部補、どうなの、休暇届を出したのは、あなたの意思なの？」

涼子に欠落している「常識」というささやかな美徳を求めて、由紀子が私に視線を転じる。もちろん、私の意思であるはずはない。では、そう正直に答えればいいのか。そう答えることは、だが、上司の不利になる。私に選択の余地はなかった。

「はい、私の意思です」

「ほんとに？」

「ええ、まちがいありません。私の意思で休暇届を出しました」

三秒ほどの間、由紀子は私を凝視《ぎょうし》していたが、かるく視線をそらして溜息をついた。

「そう、わかりました」

とたんに涼子がカサにかかった。

「自分の非《ひ》を認めるのね、お由紀」

「わたしにどんな非があるというの!?」

「あるじゃないのさ。そりゃあ同僚の背中にナイフを突き立てて断崖の下へ蹴落とすのがキャリア官僚の世界だけど、私文書偽造なんてチンケな罪状《ざいじょう》を持ち出すなんて、あんた、スケール小さすぎ。どうせならもっとマシな罪状かかえてかかっておいで」

浅間山の噴火に匹敵するエネルギーが渦まいたよ

うに思えた。由紀子が氷結《ひょうけつ》したような声を出す。

「お望みどおり、いずれあなたを武力叛乱罪か国家転覆謀議罪《てんぷくぼうぎ》で逮捕してさしあげるわ。楽しみに待っておいでなさい」

「オッホホホ、身のほど知らずもいいところだわね。でも、まあ、目標を高く持つのはいいことよ。いつでもどうぞ、といいたいけど、いまはダメ。お手洗いにいってくるから」

いきなり話が小さくなる。

メイドたちを引きつれて、女王陛下は化粧室へと向かった。こういう場合、私の目のとどかないところで、しばしば涼子は奸計《かんけい》をめぐらせるのだが、まさか尾行するわけにもいかない。由紀子とふたりでテーブルに取り残されて、気まずさを自乗《じじょう》したような数秒間がすぎる。

「室町警視、何とぞお恕《ゆる》しください」

「誰を恕せっていうの？」

「それは……」

由紀子は苦笑した。苦笑でも、笑うと表情がやわらいで、美人度がアップする。

「おたがいにたいへんね」

「恐縮です。あの人が殺されたりしたら、容疑者を特定するのがおおごとですよ。何万人になるやら」

「お涼を恨んでいる人たちだけで、都市がひとつできてしまうわね」

「都市どころか、独立国をつくって国連に加盟することだって可能でしょう」

「警備部長と刑事部長の反応が、考えるだけでもこわいわ。誤解を招かなければいいけど」

これは犯罪者ではなく、エリート警察官僚についての会話である、念のため。

「それじゃ、もういかせていただくわ。お涼の顔をもういちど見たら、どんな具合に話がそれるかわからないし」

「あの、室町警視」

「なにか？」

「長野県警本部長は軽井沢におられるはずです。ご確認なさったがよろしいかと」

「……ありがとう。そうします」

由紀子が去って一〇秒後に、涼子がもどってきた。私は裏切り行為をとがめられずにすんだ。

「フン、お由紀のやつ、わざわざ長野市までいってムダ足踏むがいいわ。泉田クン、ジャマ者がいなくなったからおもしろいもの見せてあげる」

アーテミシアのハンカチかと思ったが、そうではなく、マイラのかかわるカルト教団の聖典だった。もちろん英語で書かれている。

それによると、「黄金天使寺院《GAT》」は、人類滅亡の寸前に救世主《メシア》によってアメリカの西北部に建設されるものだという。私はページをめくり、途中は飛ばしてクライマックスの部分をひろい読みした。

世界最終戦争《ハルマゲドン》。神国アメリカが異教徒や邪教徒の大軍に包囲され、総攻撃を受ける。まさにそのとき、天が開いて光があふれ出し、よみがえったイエス・キリストが白馬にまたがって地上へ降りて来る。天使の群れをひきいたキリストが右手を振ると、雷が落ち、大地が割れて、神国アメリカを侵略しようとしていた兇悪なイスラム教徒、仏教徒、カトリック信者、無神論者たちが恐怖と苦痛に泣き叫びながら地獄へと落ちていく……。

これが「聖典」か。あきれかえって、しばらく私は声が出なかった。

「どう、なかなかのものでしょ」

涼子が両眼に皮肉な光をたたえた。

「つまり異教徒は皆殺しというわけですね」

「そういうこと」

「おなじキリスト教徒でも、カトリックはだめなんですか」

「歴史的にいろいろあるけど、ひとつあげると、カトリックの大親分であるローマ教皇が、イラク戦争に反対したことがあるでしょ？」

「ああ、そうでしたね。アメリカにさからうやつは神の敵なわけだ」

「別のもあるけど、読んでみる？」

「いえ、もうけっこうです」

あわてて私は手を振った。

私は仏教のお寺にも神社にもいくし、一二月二五日ごろは「メリークリスマス」なんて口にする。香港では道教寺院ものぞいたし、じつは「神も仏もあるもんか」と思っている。どうころんでも地獄行きだな。

「泉田クンは、再臨《さいりん》したイエス・キリストに助けてもらいたい？」

「けっこうです。助けてもらって恩に着せられるのは、マッピラゴメンですから」

「何だか言葉にトゲがあるわね」

「べつにイエス・キリストに怨みはありませんよ。それどころか、気の毒だなあ、と思っています」

私みたいな多神教世界の凡人に同情されるなんて、イエス・キリストもさぞ不本意だろう。だが、二〇〇〇年前に、「右の頬を打たれたら左の頬を差し出せ」と信者たちに説《と》いた人が、異教徒を皆殺しにする破壊神にしたてあげられてしまった。アメリカの「宗教右派」と称される人たちは、とてものこと、神を畏《おそ》れる人たちとは思えない。神が実在するとしたら、天罰を受けるのは、ほしいままに教義《きょうぎ》をゆがめる人たちだろう。

「で、お由紀は、これからどうするって？　どこに泊まるかいってた？」

「残念ですが、聞いておりません」

これはまったくの事実だ。

「チッ、ジャマ者め」

「それより、もういいでしょう、あのハンカチを見せてください」

「あのハンカチ？　どのハンカチかな」

「とぼけないでください。アーテミシアが文章を書き記したやつです。私の服のポケットにはいってたのだから、私にも読む権利があります」

多少の押し問答はあったが、すべてを記述する必要もあるまい。しぶしぶの態《てい》で、涼子は絹のハンカチをテーブルにひろげた。

Ⅳ

「わたしの名はアーテミシア・ロートリッジ
わたしの母親はマイラ・ロートリッジ
わたしには父親はいない
これは比喩《ひゆ》ではない
なぜならわたしはマイラ・ロートリッジの生体細胞からつくられた複製だから」

私は息をのんでしまった。ようやく出した声が、自分のものと思えない。
「警視、これは……」
「つづきを読みましょ」
うながす涼子の声が、こころなしか低い。

「マイラが求めるのは不老不死
永遠の生命と若さ
それによって世界に君臨すること
もうすぐわたしは身体を奪われる
わたしの身体はマイラのものになる
マイラの脳がわたしの身体に移植されるのだ」

「ばかな、そんなこと……」
うめいて、さらに私は読みつづけた。

「わたしはマイラに復讐する
わたしは自分の身体を焼く
マイラの脳が移植されるはずの身体を灰にしてしまう
わたしは自分の意思で生まれなかった
わたしは自分の意思で死ぬ」

読み終えた後の沈黙は、テーブル周辺の空気を木星のそれに変えてしまったようだった。店のマスターが愛想よく近づいてきたが、追加の注文を尋こうとして口ごもったほどだ。どう誤解したか知らないが、コーヒーを人数分、注文して遠ざける。

　ようやく会話が再開されたが、どうしても声が低くなるのだった。

「アーテミシアはマイラの生体細胞から複製されたとありますが……」

「そう書いてあるわね」

「ですが、そうなると、クローン人間がすでに誕生していたことになりますよ」

「そうね」

「しかも二〇年以上前に?」

「そういう計算になるわね」

「とても信じられません」

「あたしもよ」

涼子は腕と脚を同時に組んだ。スニーカーの側面を、テーブルの脚にぶつける。考えをまとめるように紅唇《こうしん》を開いて、言葉をつむぎ出した。

「遺伝子工場《ジーニアス・ファクトリー》というとごたいそうだけど、要するに、おれは優秀だと信じこんでるバカな男どもの精子を冷凍保存して、アタクシ優秀ざますのと信じこんでるアホな女たちに高く売りつけるだけの、詐欺《さぎ》まがい商法よ。それだったら、モッシャーみたいなやつにでも充分できるけど、クローン人間をつくり出す? そんな芸当ができるなんて信じられない」

「それに脳移植ですよ」

「クローン人間以上に、いかがわしいわね」

　まるで一九世紀ヨーロッパのゴシックSFの世界だ。時代が音をたてて逆流するような不安と不快感にとらわれた。

　マリアンヌとリュシエンヌが、女主人《ミレディ》に手渡されたハンカチの文面を読みながら、眉をひそめてささやきあっている。私とおなじような気分を味わっているのだろう。

「たしかクローン人間をつくるのは法で禁じられていましたよね」

「そうよ、アメリカでも日本でも」

「このアーテミシアの文章が真実だとすれば、マイラもモッシャー博士も法によって処罰されることになります」

「ただ既成《きせい》事実だとすれば、法律とは別に、深刻な政治的・社会的問題が生《しょう》じるわね。かならず擁護する科学者や文化人があらわれる」

「だとしても、私のおぼえているかぎりでは、臓器移植を目的としてクローン人間をつくるのは、とくに厳禁されているはずです。クローン人間の人権を認めるなら、なおさらのことです」

「クローン人間から移植するのはね」

涼子の声は、詭弁《きべん》を弄《ろう》して室町由紀子をおちょくったり、暴力団員に蜂蜜の瓶を見せて脅迫したりするときとは、別人のようだった。

「クローン人間に移植することは、法律は想定していなかったんじゃないかな。まあ、いずれにしてもその前段階で禁止されてるわけだから、その点だけでもあいつらには不利だけど、このハンカチの文面を頭から信じこむのも、ちょっと危険だわね」

「そうおっしゃる根拠は?」

「第一、アーテミシアが書き遺《のこ》したのが真実とはかぎらない。でしょ?」

私は小首をかしげた。

「死を覚悟した人間が、ウソを書き遺しますかね」

「あたしだったら書くわよ。どうせ責任とらなくていいんだからさ、思いっきり大ボラを吹いて、みんなを混乱させてやるの」

「いや、それはあなたが……」

人間じゃないから、といいかけて、あやうく軌道修正した。

「あたしが、何?」

「いえね、アーテミシア自身がウソを真実と信じていた、ということもあるな、と思って」

「ドラ娘がだまされていた？」

「ええ」

「たしかにそれはありえるわね。でも、ここでこうやって議論してもはじまらない。えーい、やめたやめた、話題を変えましょ」

テーブルを両手でたたくと、かなり強引《ごういん》に、涼子は別の話を持ち出した。

「午前中、ジャッキーに教えてもらったけど、アリス権田原ってのがいたでしょ」

「いましたね。女装界の織田信長」

「権田原なんてファミリーネーム、そうやたらとあるもんじゃないわよ。鈴木《すずき》や田中《たなか》じゃないんだから」

たしかにそうだ。私が他に知っている権田原姓の人物といえば、何代か前の日本国首相ぐらいのものだが……。

「え、すると、アリス権田原は元首相の一族なんですか!?」

「あたしが調査したところによると、元首相の二番めの姉の孫らしいわね」

「やっぱり政治家？」

「教育事業家。大学やら専門学校やら高校やら、あわせて六〇以上も経営して、このご時世に大繁盛《だいはんじょう》らしいわ」

どんな教育をしているのだろう。かなりまじめに、私は知りたくなったが、ビジネスと趣味は別物にちがいない。

それにしても、権田原元首相の一家は、政界や財界だけでなく教育界にも手を伸ばし、さらには女装界まで支配しようとしているのか。まあ女装界を支配されたって、私個人は痛くも痒《かゆ》くもないが、つい脳裏を安っぽいゲームの題名が赤く青く点滅しながら通りすぎていく。いわく、「ゴンダワラ一族の野望」。

「で、ジャッキーさんは、アリス権田原の天下奪《と》りをはばもうとしているんですか」

「ジャッキー自身は動かないでしょうね。どんな世界でも、権力抗争や派閥あらそいはコリゴリだっていってるし。たぶん誰か、アリス権田原に反対する勢力のボスとして名乗りをあげるでしょ」

「そうですか」

うなずいてから、私はひそかに涼子の真意について考えた。女装界の群雄なんぞ持ち出して、クローン人間や脳移植についての話を強引に中断した思惑《おもわく》について、である。

涼子はちらりと私を見たが、声をかけたのはマスターに対してだった。尻尾《しっぽ》を振らんばかりにマスターが駆けつけると、軽井沢の広域地図を持ってきてくれるようたのんだ。

地図をひろげ、一点を指さして、二、三、問答をかわす。

「どれぐらいの広さがあるの？」

「ざっと八〇万平方メートルだそうです」

「それだけ広い土地が未利用のまま残されてるの？」

「東京の大企業がゴルフ場をつくる、という話はあったんですよ。泡沫《バブル》経済の時代《ころ》ですがね」

「実現しなかったのね」

「ええ、町の水源の近くで、ほら、ゴルフ場の芝を害虫から守るために農薬をまくでしょ、それが水源を汚染したら一大事だというので、反対運動がおこりましてね」

大企業のオーナーは、計画を白紙にもどしてしまったのだという。表面だけ見ると、いかにも反対運動に配慮したようだが、自分の立てた計画にケチをつけられたので、腹を立てて放り出した、というのが真相らしい。極端な独裁的経営者《ワンマン》なら、そんなこともあるだろう。

「いろいろとありがとう。それじゃお勘定をおねがい」

世界的に有名なクレジット会社のカードを渡されて、マスターは目をむいた。

「いやあ、ゴールドカードより上のプラチナカードよりさらに上のダクネスカード。はじめて見ました。手が慄《ふる》えそうです」

レジへ向かうマスターの後姿をながめながら、涼子はいった。

「それじゃ今夜は、ゆっくり寝《やす》もうよ。マイラ・ロートリッジとその飼犬どもは、あたしたちの襲来を待ち受けて、徹夜でがんばってるだろうからさ。好きにさせておいて、あたしたちは英気《えいき》をやしなえばいいのよ」

攻撃をしかけないのも戦略のうち。つくづく私は舌を巻いた。それでもいちおう質《ただ》してみる。

「午前中のように、先方から攻撃をしかけてきたら、どうします?」

「戦力を分散させるとは思えないわね。それに、もしそんなことになったら、長野県警が証人になってくれるわよ」

わざとらしい動作で、涼子が後方を振り向いて指をさす。タオルで汗をぬぐいながら漫然と尾行してきたふたりの私服警官が、あたふたと、カフェテラスをかこむ木立の向こうへ姿を消していった。

「で、これからどうするんです?」

「遊ぶのよ、もちろん」

きっぱりと涼子は答えた。

「ぐるっと南のほうまでサイクリングして、美術館と博物館を一軒ずつのぞいて、大賀ホールでスメタナとシベリウスのコンサートを聴いて、チロル料理を食べて家へ帰るの。ほら、時間が惜しいからいくわよ」

やっぱり彼女は休暇を楽しみにしていたとしか思えない。生霊だろうと死霊だろうと、涼子を支配できるはずがないのだった。

第七章　禁じられた遊び

I

　軽井沢滞在の三日めである。

　夜の間にひとしきり雨が降ったようだが、朝の光が雲を追いはらって、爽涼《そうりょう》きわまる一日の始まりだった。水分をふくんだ緑が光に映《は》えて、コンクリートのジャングルで痛めつけられた視神経が生きかえるようだ。

　昨夜、涼子は平穏な一夜を保証した。

「何にもおきやしないわよ。ロートリッジ家のほうも、こちらも、警察が見張ってるんだからさ。軽井沢で二晩つづけてアメリカの重要人物《VIP》がらみで事件がおこってみなさい。長野県警本部長のクビがいくつあってもたりやしないわ。安心してお寝《やす》み」

　あきれたことに、涼子の予言は的中した。熟睡して起き出すと、この朝まず聞こえてきたのは小鳥の合唱ではなく、きわめて非音楽的なクシャミの音だ。

　身づくろいして一階に降りると、何とも意外なお客がダイニングテーブルでコーヒーをすすっていた。昨日から私たちを尾行していた私服警官ふたりが、涼子にぺこぺこ頭をさげている。コーヒーカップとバスタオルを手にしていた。クシャミの主は彼らであった。

「どうか悪く思わんでください。私ら上からの命令で動いてるだけでして……正直、キャリアさんどうしの話なんかに、首を突っこみたくないんですワ」

　多少の誇張はあるが、ウソはない。おなじノンキャリアとして、彼らの心情はよくわかる。

「あんたたち、本部長に忠節《ちゅうせつ》をつくしたってムダよ。どうせ警察庁から派遣されたキャリア官僚で、中央へ帰ることばっかり考えてるんだから。昨晩《ゆうべ》だって、あんたたちに徹夜させて自分は官舎で寝てるご身分だからね」

「……そりゃよくわかってますがね」

コーヒーの湯気を顔にあてながら、私服警官は溜息をついた。服が濡れているのは雨のなかで任務をつづけたからだろう。涼子は、あわれな姿の彼らを家に招《しょう》じいれ、コーヒーとバスタオルをあてがってやったらしい。通常だとこれは美談なのだが、涼子の場合どんなコンタンがあるのか知れたものではない。

「とっておきの情報、教えてあげようか」

「な、な、何でしょうか」

涼子の甘い毒の息を吐きかけられて、私服警官たちは全身を硬直させた。もう完全に罠《わな》にはまっている。

「今日のお午《ひる》ごろ、矢ヶ崎公園の近くで、二〇〇人以上の集団が騒ぎをおこすわよ」

「ほ、ほんとですか」

「テロとか破壊活動ってわけじゃないけど、夏のハイシーズンをひかえて、軽井沢は平穏第一でしょ。やんごとない方々のご来訪が中止になったりしたら、県警本部長の面子《メンツ》どうなるかしらねえ」

「ど、どうもゴチソウになりました」

涼子の話を頭から信じた、というより、この話を上層部へ持っていけば当面のつまらない任務から解放される。彼らがそう考えたことはまちがいない。あわただしくコーヒーを飲みほすと、何度も頭をさげ、玄関から出ていった。

私は涼子に挨拶してテーブルに着いた。ジャッキー若林がキッチンから顔を出して私に手を振る。ヒマワリの花を描いた大きなエプロンをつけ、焼きたてのパンを盆《トレイ》に山盛りにして運んできた。

「いいんですか、女装愛好家たちの計画をバラしてしまって」

「いいのよ、ねえ、ジャッキー」

「そうよ、ジュンちゃん、涼子ちゃんのいうとおりにしてたら、世の中まちがいないの」

どうやら私は「世の中の外」にいるらしい。

「昨日、アリス権田原のペースで話がまとまりかけたんだけど、夕方、反アリス派の超大物が駆けつけて、今日は両派の大決戦なの」

「へえ、まだ超大物がいたんですね」

「マリリン鬼塚《おにづか》さんよ。『日本女装界の坂本龍馬《さかもとりようま》』って呼ばれてるの」

織田信長のつぎは坂本龍馬か。英雄崇拝者たちが怒るだろうな。

「えらい人なんですか」

「もと海上保安庁の高官でね」

「へえ⁉」

「密輸や密漁や領海侵犯の取りしまりに辣腕《らつわん》をふるって、勇名をとどろかせ、『海ゴリラ』って呼ばれて畏怖《いふ》されてらしたの。でも、国土交通省のキャリア官僚に、フェリーの事故の処理がまずかった責任を押しつけられてね。キタナイ男社会に絶望なさって、わたしたちの同志になったのよ」

何だか女装界というのは、壮絶な人生ドラマの迷宮みたいである。外からながめているだけでも疲れるのに、一歩なかへ踏みこんだら最後、二度と出て来られないんだろうなあ。

「で、ジャッキーさんは、そのマリリンさんとやらに味方なさるんですか」

「わたしは中立よお」

「すると、女装界の小早川秀秋《こばやかわひであき》……」

「やめてッ、歴史上の真相はともかくとして、イメージ悪すぎるわ。わたしは両派いずれにも与《くみ》さない良識派として、第三のファッションに身をつつむ決意なの」

「どんなファッション？」

「それはヒ・ミ・ツ」

ジャッキー若林がウインクすると、重いつけ睫毛《まつげ》がバチンと音をたてた。

「それじゃ、わたしこれからいそがしいから」

女性用の腕時計をのぞきこんで、ジャッキー若林が立ちあがる。後姿を見送ってから、私は涼子に視線を向けた。

「どうも不可解《ふかかい》ですね」

「何がよ」

「マイラ・ロートリッジがまだ軽井沢にいる理由が、ですよ」

マイラにとって軽井沢は何の愛着もない土地だろう。実の子だろうとクローンだろうと、とにかく娘に死なれ、うとましいだけの場所であるはずだ。私がマイラであれば、駐日アメリカ大使館を動かして日本の政府と警察に話をつけ、ヘリコプターでもチャーターして成田《なりた》へ、そこから自家用ジェット機でアメリカ本国へ、さっさと帰ってしまう。よけいな事情を聴《き》かれることもなく、日本での出来事は不愉快な想い出として終わってしまうにちがいない。

なのに、なぜそうしない？

三笠の森ホテルが炎上崩落《ほうらく》してから、すでに四〇時間近くが経過している。なのにまだマイラ・ロートリッジは軽井沢にいる——長野県警本部長の証言が正しければ、だが。

まさか娘の死がショックで病床に就《つ》いているわけでもあるまい。直接間接の情報からしても、とうていそんな柔弱《やわ》なタマとは思えない。

マイラはまだ軽井沢で何かをする気なのだ。

そのことは推測できたが、では何をする気なのか、それがさっぱりわからない。わからないからには、用心したほうがいい。

私がそう述べると、上司は完璧《かんぺき》な形の指をこれまた完璧なあごにあてて考えこんだ。だが二、三秒で思考を放棄したようである。

「そんなこと、本人に尋《き》けばすむことよ」

やっぱり、そう来るか。

「今日の予定は、すべてあたしの脳細胞にきざみこまれてる。一〇時になったら矢ヶ崎公園にいくわよ」

……というわけで、涼子はメイドたちと私を引きつれて矢ヶ崎公園に襲来、ではない、やって来た。東側の土手《どて》が大賀通りに面している。自転車を適当に駐《と》めたところへ、鋭い声が飛んだ。

「お涼、いったい何をする気なの!?」

あらわれたのは室町由紀子と岸本明だ。

岸本が私の袖をひっぱってささやいたところでは、彼の携帯電話に涼子からのメールがとどき、時間と場所を指定されたとのことだった。

「歴史にのこる一日よ。まあ見ておいで」

涼子が由紀子に答えたときである。

どんどこどこどこ　どどんどん
どんどんどこどこ　どこどどん

むかしハリウッドでやたらと制作された熱帯ジャングル冒険映画。キング・コングやら恐竜やら大ダコやらが出てくる映画だが、そんな雰囲気で太鼓の音がとどろきわたった。

「いったい何ごとなの？」

室町由紀子が当惑しつつ眼鏡《メガネ》の縁に指をかけた。岸本はすっかり興奮して、土手から飛び降りたかと思うと駆け上り、接近してくる太鼓の音に耳をそばだてる。

「これはきっと軽井沢高原署はじまって以来の大事件になりそうですよ！」

大事件というより珍事件じゃないか、と思ったが、いずれにせよ迷惑な話にはちがいない。軽井沢高原署は小さな署で、署長から受付まで総勢四〇人しかいないのだ。夏のハイシーズンには県警本部や他の署から応援が来るが、それでも合計して一〇〇人ていどのもの。しかもまだシーズン前である。

せいぜい五、六〇人で、怒濤《どとう》のごとく押し寄せる女装愛好家の大群に対処せねばならないのだ。いったいどうなることやら。

「さあ、はじまるぞ、どう展開するかしらね」

「いったい何がはじまるの、お涼？」

「すぐにわかるわよ、見ておいで」

一陣《いちじん》の風が吹きわたり、美女ふたりの髪を揺らした。

II

それはこれまでどんな能天気《のうてんき》な小説家も書いたことのない光景であった。

私にしても悪夢にうなされそうで、すこしも見たいとは思わないのだが、見ないわけにはいかない。

ウェディングドレスを着こんだ一〇〇人以上の男たちが、大賀通りを南下している。広い通りを埋めつくしそうだ。大半は一人乗り、あるいは二人乗りの自転車だが、自転車に引かせたリヤカーの上で太鼓を打ち鳴らす者もいる。いまどきリヤカーなんて、どこから持ってきたのだろう。

いっぽう西から東へ向かって、これまた一〇〇人以上の男たちが自転車を駆っている。こちらは全員ゴスロリの衣裳に身をかため、トランペットを吹き鳴らす。なぜかハーモニカを吹く者もいる。

このままいけば、双方の勢力は、矢ヶ崎公園の東南の角で激突する。急を告げる風雲におびえたか、公園の池でのんびり泳いでいたアヒルが、やたらと羽で水面をたたきながら、子どもたちをつれて西北方向へ避難していく。

岸本が奇声《きせい》をあげた。

「うわあ、まずいなあ」

「いまさら何がまずいんだ」

不機嫌に私がにらむと、岸本は深刻そうに首を振ってみせた。

「だって、両軍が衝突するそこの角地には、幼稚園だか保育園だかがあるんですよ。ケガレを知らない幼児たちの眼の前で、ウェディングドレスの男たちとゴスロリの男どもが乱闘を演じたりしたら……」

「そ、そいつはたしかにまずいな」

精神的外傷《トラウマ》を負《お》った幼児たちが泣き叫ぶ光景を想像して、私はあせった。しかし、いまさらどうしようもない。涼子はというと、魔女の笑いを浮かべて平然。

由紀子がかるく両手をにぎりしめた。

「とにかく女装自転車暴走族の衝突をとめなくては。道のまんなかに立とうかしら」

「危険ですよ。あれ、あの人は……?」

私が見たのは、変な具合《ぐあい》に成長した、否《いな》、たくましく育った「少女」だった。赤い頭巾《ずきん》に、グリム童話からぬけ出したような服装。

「あっ、ジャッキーさん……」

私は絶句した。ウェディングドレス派にもゴスロリ派にも与《くみ》さないと誓い、第三の道を選ぶと明言《めいげん》したジャッキー若林は、赤頭巾ちゃんの衣裳に巨体をつつみ、威風堂々と戦場にあらわれたのである。

「戦場」と表現したが、まさにそのとおり。ウェディングドレスとゴスロリとが夏空の下で入り乱れて、それだけ見るとハナヤカなのだが、敵も味方も全員が男なのである。

まず何台かの自転車が衝突して路上に転倒する。ぐわらがらがっしゃんしゃん、という音がひびきわたる。ウェディングドレス姿が宙に舞い、ゴスロリ姿が路上にころがる。それがみんな男。

「あんたたち、どきなさいよッ」

「あんたらこそ、さっさとおどき!」

「神聖な集会のジャマはさせないわよッ」

「そんな厚化粧のヒゲヅラで、何が神聖よ」

「ええい、こうなったら問答無用!」

さわやかな青空の下で、大乱闘がはじまった。これだけでもうっとうしいのに、このタイミングでよけいな勢力が介入《かいにゅう》してきたから、ややこしい。一〇人ばかりの制服警官が決死の形相《ぎょうそう》で駆けつけてきたのだ。

「やめなさい、そんなカッコウしてみっともない」

制止にかかったが、効果はなかった。

「何よッ、男がウェディングドレスを着ちゃいけないって法律、どこにあるの!?」

「ゴスロリだってそうよ。教育基本法のどこに、着用禁止って書いてあるの!?」

「あたくしたちは、祖国を愛し、郷土を愛し、女装を愛してるのよッ、モハン的日本人なのヨ！」

「ぬげといったらぬぐけど、そうなったらワイセツ物陳列罪になっちゃうでしょ！」

「自分でいってどうすんのよ。とにかく無料《タダ》で見せることないわよッ」

警官たちは毒気にあてられてオロオロするばかり。なかにひとり、いかにも頑固《がんこ》そうな中年の警官がいて、「男のくせに女装するなんて、それでも日本人か」とどなったが、たちまち四方八方から総反撃をくらった。

「あんた、日本人のくせに『古事記《こじき》』や『日本書紀《にほんしょき》』を読んだことないの？　ヤマトタケルだって女装してるじゃないのさ」

「そうよ、皇室のご先祖のやったことにアヤつける気!?」

「武士道なんかより、女装のほうがよっぽど古い歴史と伝統を持ってるんだから」

「あんたみたいに歴史と伝統をナイガシロにするやつを、反日《ハンニチ》日本人っていうのよ」

「食事だって和食のほうが健康にも美容にもいいんだから」

「でも日本は食糧の自給率が低いからタイヘンなのよ、知ってる!?」

洪水のような勢いで論旨《ろんし》がずれていっているが、フクロダタキにあった警官には、それを指摘するまでの冷静さはない。

「ひえー、ごめんなさい」

口ほどもなく、両手で頭をかかえながら逃げ出した。

「あらっ、逃げる気よ」

「追っかけて、ぬがしちゃえー！」

豪快な笑声がおこって、それが消えると、ウェディングドレス派とゴスロリ派との抗争が再開された。共通の敵がいなくなると、たちまち内部抗争になる。バルカン半島の民族紛争みたいだ。

「あっ、アリス権田原！」

「やや、マリリン鬼塚！」

「ここで逢《あ》ったが百年めよ、覚悟おし」

「何をチョコザイな、返り討ちじゃ」

ウェディングドレスを着た織田信長と、ゴスロリをまとった坂本龍馬とが、地ひびきたてておっくみあう。歴史的な光景かもしれないが、感動にはほど遠い。

「みんなやめて。やめるのよ。女装は愛と自由と平和のシンボルなの。腕力で事を解決しようなんて、マッチョの罠にはまっちゃダメ！」

叫んでいたジャッキー若林の頭に何かがぶつかった。

「もう、イヤねえ！　カツラがとれちゃったじゃないの。誰よ、トランペットなんか投げつけたのは。女らしくないわね」

悲憤慷慨《ひふんこうがい》しながらカツラをひろいあげて、ジャッキー若林がひょいと顔をあげる。視線が合った。東大法学部の卒業生であるジャッキー若林の視線と、おなじく東大法学部の卒業生である室町由紀子の視線とが。

「もしかして若林……さん？」

「あッ、ゆ、由紀子ちゃん!?」

全身凍結状態のふたりの姿を、私は見てしまった。そうか、確認したことはなかったが、室町由紀子は、同窓生の若林健太郎がニッポン女装界のかがやける星であることを知らなかったのだ。

ジャッキーのほうも、自分の「真実の姿」をわざわざ優等生の由紀子に知らせようとは思わなかったろう。ひとつ深呼吸して、ジャッキー若林は巨体をひるがえした。

「ゼンブ夢なのよお、忘れてしまいなさあい！」

ひと声どなると、混戦のただなかに姿を消していく。ウェディングドレスとゴスロリの渦巻くなかに立ちつくす由紀子を、私はどうにか救出して公園の土手までつれていった。

「ど、ど、どうしよう、どうしたらいいかしら、泉田警部補、わたし、どうしたらいいの⁉」

パニックをおこす寸前である。相手が男なら頬を一発張りとばすところだが、女性にショック療法をほどこすわけにはいかない。

「どうする必要もありませんよ。これはプライバシーです。ほっとくのが一番です！」

「そ、そうかしら」

「ほら、深呼吸してください。そうそう、おちついて。あなたが責任を感じるようなことではありませんから」

するると背中に上司の声がぶつけられた。


「そんな女、放っておきなさい。いくわよ、泉田クン」

「最後まで見とどけないんですか。あなたの仕組《しく》んだことですよ」

皮肉をいってみたが、美しい魔女はヌケヌケと応じた。

「べつに勝敗の帰趨《きすう》なんて、どうでもいいもの。あの連中が警察やお由紀を引きつけている間に、あたしたちは敵の本拠を衝《つ》くのよ」

「もしかして、葛西敬吾の別荘へ？」

「決まってるじゃないの。ほら、いくよ、はやく乗って！」

しぶしぶ二人乗り自転車にまたがったとき、室町由紀子が飛んできた。まだ精神的ショックで蒼《あお》ざめているが、涼子の姿を見て果敢《かかん》な行動力のスイッチがはいったらしい。

「どこへいくの、こら、待ちなさい！」

「誰が待つか。くやしかったらここまでおいで」

由紀子はくやしかったようだ。戦場に散乱する自転車のなかから一台を引きおこし、岸本に声をかけ、全力で私たちの後を追ってきた。

III

法網すれすれで悪事をかさね、詐欺まがいのビジネスを展開してきた葛西が無事でいられるのは、官僚時代に政財界に人脈をきずきあげ、暗黒社会にもネットワークを有《ゆう》しているからだ。このような人物は、新聞やTVが無視しても週刊誌あたりで非難されるものだが、巨額の広告費をまきちらして週刊誌も沈黙させているのだった。

となると、やっていることがJACES《ジャセス》あたりと変わらないような気もするが、オーナー令嬢の薬師寺涼子にいわせると、

「わが社は貧乏人をいじめるようなマネはしない。一万人の貧乏人より、成金《ナリキン》をひとりいびり倒すほうが、ずっと効率的だ」

ということになる。

涼子と私が二人乗り自転車を降り、リュシエンヌとマリアンヌがそれに倣《なら》った。葛西邸のかたく閉ざされた門扉《もんぴ》の前に立つ。意外というべきか、涼子の策略のせいか、長野県警の警官たちの姿がない。ちょうどそのとき、室町由紀子と岸本が追いついてきた。息をきらせながら由紀子が叫んだ。

「お涼、一歩でもなかにはいったら、住居不法侵入の現行犯ですからね！」

「あー、もう、うるさい女ね。永遠にだまらせてやろうか」

「うかつにはいれませんよ。じっさい不法侵入であることは、まちがいないんですからね」

「何か方法はあるはずよ。そう、偶然だれかが救いを求めて叫ぶとかね」

「そんなつごうのいい偶然がおこるわけないでしょう」

私がいい終わらないうち、柵のなかから女性の叫び声がした。

「助けて！　だれか助けて！」

「ほらね」

涼子が睫毛の長い眼で、得意そうに私を見やる。

私の心境は、「ぐうの音《ね》も出ない」というやつだった。涼子に悪魔の加護《かご》がついていることを確信するのは、こんなときだ。まさかほんとうに救いを求める声がするとは。

室町由紀子も、涼子の暴走を阻止したいところだが、彼女は良心と良識の女《ひと》である。救いを求める声を無視することなど、できるわけがない。

「よし、突入！」

涼子が右手の指を鳴らすと、リュシエンヌが頑丈な門扉に向けてフックつきの強化ナイロン製ロープを飛ばした。マリアンヌがそれをにぎり、ほれぼれするような身ごなしで門扉の向こうへ消える。リュシエンヌがつづく。

ロックの解ける音がして、門扉が開いた。涼子、私、由紀子の順で駆けこむ。広い前庭はコンクリートでかためられ、トラックが一〇台ぐらい駐《と》められそうだった。玄関から、ひとりのガードマンが飛び出してきた。

「あんたたち、ここは私有地だ、さっさと出ていかないと、警察に突き出すぞ」

ガードマンの制服は、ＪＡＣＥＳのものではなかった。そんなことは、ＪＡＣＥＳからの情報で、とっくに判明している。涼子としては、遠慮も斟酌《しんしゃく》も必要ないわけだ。

「いい考えね。これをごらん」

警察手帳を突きつけられて、ガードマンがひるむ。涼子が走り出すと、マリアンヌとリュシエンヌが左右をかため、由紀子と私がつづく。最後尾の岸本が、カルガモみたいな走りかたをしながら、よけいなことをいった。

「あの、ボクたちホントに警察だからね」

ガードマンは二、三歩追いかけてから、ヘルメットのマイクに向けて何か早口にしゃべった。

玄関に足を踏みいれると、六人のガードマンが特殊警棒をかざして立ちはだかった。いずれも暴力団あがりなのか、人相が悪い。

涼子の気性からすれば、由紀子がどう制しようと実力で突破をはかる。そう思っていると、彼女は邪悪な笑みを浮かべて、メイドたちをかえりみた。

「リュシエンヌ、このまえ教えた例の日本語を使ってみてごらん」

うなずいて、リュシエンヌは天使の微笑を浮かべ、すこしぎごちなく日本語で語りかけた。

「オニーチャン、ダイスキダヨ」

先頭にいた若い男のガードマンが立ちつくす。きわめて目つきの悪い粗暴そうな男で、むき出しになった前歯が黄色い。

「オニーチャン、フタリデシアワセニナローネ」

男の全身に電流が走った。彼はたてつづけに口を開閉し、眼のほうはまばたきもせず全開させたまま振り返った。

「うおおお！　おれと妹のシアワセをジャマするやつはゆるさねー！」

一瞬で妄想の世界に陥《お》ちこんだ若い男は、絶叫するが早いか、身をひるがえすと、警棒をふるって同僚たちに突っこんでいった。

「何さらす、上島《うえしま》、正気にもどれ！」

「こら、やめんかい、アホンダラ！」

仰天して同僚たちはどなったが、無益だった。妄想のエネルギーで戦闘力を倍化させた上島という男は、何のためらいもなく警棒を振りまわして五人の同僚を殴り倒してしまったのだ。

「さあ、ジャマ者はやっつけたよ、お兄ちゃんといっしょにいこう、アユミ」

アユミって誰だ？

理解不能な生物を観察する眼で上島を見ながら、リュシエンヌはかるく手首を動かした。卵型の金属体が男の眉間《みけん》を一撃する。

上島はシアワセそうな笑顔のまま床にひっくりかえった。二、三時間は甘ったるい妄想の世界をさまよっていることだろう。

労《ろう》せずして玄関ホールを突破できたものの、私としてはかなり真剣に、祖国の未来を憂《うれ》えずにいられなかった。やっぱり日本は若い男から亡びるのだろうか。

庭の方角で激しく犬が咆《ほ》えているが、声は近づいてこなかった。夜間はどうか知らないが、白昼のことで、つながれているようだ。

ホテルのロビーより広いほどの玄関ホールに、私たちはいた。二階へ上るか、一階の奥へ進むか、迷う必要もなかった。鋳鉄《ちゅうてつ》の手摺《てすり》をつけた螺旋《らせん》階段の上り口に、ひとりの男がいたのだ。高価そうなスリーピースに身をかため、右手に散弾銃《ショットガン》をつかみ、左手で女性の髪をつかんで足もとに引きすえている。

男は葛西敬吾だった。TVや雑誌で何度も顔を見たことがある。痩《や》せ型で紳士風の容貌《ようぼう》。髪は黒々としているが、いささか不自然で、たぶん染めているのだろう。薄い唇の間から、しわがれた声を押し出す。

「どうして警察が来ないんだ」

「それどころじゃないからよ」

明快に答えて、涼子が一歩、進み出た。

葛西敬吾の視線が、涼子の姿をとらえる。眼と口がひろがって、思いもかけず美術品を鑑賞する表情になった。

涼子は相手とあわせた視線をはずさず、さらに二、三歩かろやかに前進すると、さりげなく腕を伸ばした。葛西敬吾の手からひょいと散弾銃をとりあげると、それを放り出す。

「持ってて、泉田クン」

あわてて私は腕を差しのべ、宙で散弾銃を受けとめた。ずしりとした重みが、散弾が装塡《そうてん》されていることを知らせた。至近距離から撃たれたら、絶対に助からなかったところだ。

「見張っててよ、お由紀」

当然のごとく指示すると、うずくまって慄えているツーピース姿の女性に英語で声をかける。

「さあ、もう安全だから出てらっしゃい。こいつが変なマネしたらぶっ殺してあげるから」

ようやく女性は立ちあがった。

その女性の顔には記憶があった。

一昨日《おととい》の晩、三笠の森ホテルでパーティーが開かれたとき、マイラ・ロートリッジの通訳をつとめていた女性だ。

いそいそと近づいて、岸本が手を貸す。命じられたわけでもないのに、要領のいいやつめ。

女性の髪は乱れ、眼のまわりにアザができ、切れた口もとに血がこびりついている。ツーピースのボタンもちぎれていた。室町由紀子が同情の声をあげて彼女の肩を抱き、ハンカチを貸してやりながら、葛西敬吾をにらみつけた。

その葛西はといえば、ネクタイを涼子につかまれ、絞《し》めあげられている。そうしながら涼子は女性をかえりみて言葉を投げつけた。

「助けてやったんだからさ、せいぜい役に立ってよね。こっちは慈善事業やってるんじゃないんだからさ」

「警察の義務じゃなかったの!?」

由紀子が柳眉《りゅうび》をさかだてる。ちなみに、これらの会話は日本語だ。同時通訳をやっているからには、彼女にも日本語はわかるはずである。

ホールの壁ぎわにしゃれた長椅子《カウチ》が置かれていて、通訳の女性はそこに腰をおろすようすすめられた。その間、リュシエンヌとマリアンヌが涼子に何か命じられ、奥へ消えていく。

女性が日本語で名乗った。

「わたしはヘザー・ビリンガム。オーブリー・ウィルコックスの妹です」

これにはおどろいた。オーブリー・ウィルコックスといえば、アーテミシアの恋人で、怪死をとげた男性ではないか。涼子が問う。

「姓がちがうけど、結婚なさってるの?」

「母方の祖母の姓を名乗ってます。身の安全を守るために」

「身の安全? そういう言葉を使うからには、お兄さんもお父さんも、ロートリッジ家に殺された、と、あなたは信じているわけね」

一気に、涼子は核心を衝《つ》いた。ヘザー・ビリンガムは小さく息をのんで吐き出した。

「信じてます。信じざるをえません。父は酔っぱらって事故をおこしたことになってますけど、兄の死後はずっと禁酒してたんですよ」

これはわかりやすい話だ。私はハーディング大統領怪死事件のことを想い出した。事件の関係者のひとりがアルコール中毒で急死しているが、一九二〇年代のアメリカではいわゆる「禁酒法」が施行されていたはずなのだ。

「母だって療養施設で自殺したといわれているけど、わたしが駆けつけたときにはもう火葬にされてしまってました。もちろん遺体の解剖もされていません」

「で、あなたは、ご家族の死の真相についてさぐるため、日本語の通訳としてロートリッジ家に潜入したってわけね」

「一年ほど前です。UFA《ユーファ》はアジア方面への進出を積極的に図《はか》りだして、日本語や中国語や韓国語の専門家を採用するようになったんです」

ヘザー・ビリンガムは日本の農業や食糧問題、外食産業などの実態に関する精確《せいかく》なレポートを提出して、上層部の目にとまった。さらにGATの信徒としても活動したから、マイラのお気に入りになって身辺に近づけるようになった。いちおう身元調査もされたが、おざなりなものだったという。ロートリッジ家は、オーブリー・ウィルコックスの家族がどうなろうと、気にとめてなどいなかったのだ。

「日本語の通訳になって、ロートリッジ家に近づいたのは、家族の仇《かたき》を討とうと思ったからなの？」

「仇を討つのはむずかしいですけど、すこしでも父や兄の死について真相に近づきたかったんです。それに、このままにしておいたら、今後もロートリッジ家の犠牲になる人たちが出てくるでしょう」

「真相ねえ」

涼子は小首をかしげ、キビしい口調をつくった。

「いっとくけど、真相って甘いものじゃないわよ。苦《にが》くてエグいものよ。覚悟はしておきなさい」

ドクダミをまぜた歯ミガキ粉みたいに、まずくて苦くてエグいものよ。覚悟はしておきなさい」

妙な喩《たと》えだ。ドクダミをまぜた歯ミガキ粉なんて、涼子は口にしたことがあるのだろうか。

「とにかく、この葛西ってやつは、さんざん悪事をはたらいてきたけど、やっと年貢《ねんぐ》のおさめどきが来たってわけね。まとめて払ってもらおうじゃないの」

涼子は私の手から散弾銃をとりあげると、葛西の肉づきの薄い頰《ほお》を銃口でこづいた。

IV

「葛西敬吾、拉致《らち》監禁の現行犯で逮捕する。神妙《しんみょう》にオナワを受けろ！」

「ら、拉致はしとらんぞ」

「やかましい、ものにはついでってことがあるんだ。別件逮捕という美しい日本語を知らないか」

「どこが美しいんだ。私は黙秘権を行使する。弁護士が来るまで一言もしゃべらんぞ」

「あら、そう、ご自由に。話はあの女性から聴くから」

涼子がそういったとき、リュシエンヌとマリアンヌが駆けもどってきて女主人《ミレディ》に何ごとか報告した。涼子は満足そうにうなずいた。

「この家のセキュリティーシステムは全部かたづけたわよ。監視カメラのVTR映像もすべて始末したわ。どんな最新の設備も、このふたりにかかったら、幼稚園児の工作の作品みたいなもんだからね」

マリアンヌとリュシエンヌは涼子の賞賛を受けて微笑し、葛西敬吾の左右に立った。ふたりの手がさりげなく葛西の頸筋《くびすじ》にかけられる。何かあれば頸動脈をおさえて一瞬で気絶させるつもりだろう。

「ところで、ミス・ビリンガム、アーテミシアって娘のことについて、どのていど知ってるの？」

「アーテミシアは母親のマイラと主治医のモッシャーを憎み、怨み、呪っていました」

そうヘザー・ビリンガムは答えた。

ものごころついて以来、アーテミシアは、母親と主治医に、アイデンティティを傷つけられてきた、と、ヘザーは語るのだ。アーテミシアの死後、ヘザーはひそかに彼女の私物をさぐり、母親と主治医への呪咀《じゅそ》が記されたメモ用紙を何枚も発見した。いずれも断片的なものだが、充分に精神的虐待の証拠になる。ヘザーはアーテミシアに同情したが、マイラのボディーガードに見つかり、殴打《おうだ》された末、とりあえず監禁されていた、ということだった。

「マイラ・ロートリッジは、もうこの別荘にはいないみたいね」

メイドたちの報告を受けて、涼子がそう確認すると、ヘザーは蒼《あお》ざめた顔でうなずいた。

「昨夜はずっと何かを待っていたらしいんですけど、何もなかったので、朝になって出ていきました。モッシャー博士とか、アメリカからつれてきた部下も全員。どこへいったかは知りません」

昨夜は涼子がマイラに空振《からぶ》りをくわせ、今日は逆になった。一勝一敗というわけだ。

「どこへいったかは、この別荘の持ち主に尋《き》くわ。で、アーテミシアは、具体的にどんなことといわれてたの？」

ヘザーが簡略に述べたところによると、毎日マイラが娘にいっていたのは、「アーテミシア、お前自身には一セントの価値もない。お前はわたしのもので、わたしの役に立つために生かされているのだ。わたしがあたえた生命と恩をわたしに返すのが、お前の人生の意義だ。わたしが存在しないかぎり、お前の存在もゼロなんだ」ということらしい。ヘザーには、完全には意味がわからなかったそうだが。

室町由紀子がつぶやいた。

「ひどいわね……」

「お由紀は甘いわね。あたしはドラ娘に同情なんかしないわよ」

そう断言すると、涼子は、むしろ怒りさえこもった口調で言葉をつづけた。

「大学にだっていってたんだし、ロートリッジ家から逃げ出す機会は、いくらだってあったはず。自力では逃げられない、だれかに救い出してほしいというのなら、きちんと事情を説明して協力してもらえばいい。UFA《ユーファ》の企業犯罪を追及している人たちだって、あちこちにいるわけだから。なのに、どうしてそうしなかったの、あのドラ娘は！」

頬が紅潮し、両眼は流星のようにきらめいている。室町由紀子や葛西敬吾までが、思わず涼子の姿を見つめた。ふたりのメイドは最初から敬慕《けいぼ》の瞳で女主人《ミレディ》を見つめている。

「泉田クンはあきれたオヒトヨシなんだから、被害者のくせして加害者に同情する。もしアーテミシアが最初からはっきり救いを求めてたら、泉田クンは生命《いのち》がけで彼女を助けたでしょ。アーテミシアはそうしなかった。つまり、男を見る目がなくて、男に全力をつくさせることもできなかった。ミス・ビリンガムには悪いけど、彼女のお兄さんも、頼りになる人じゃなかったでしょうよ」

ヘザー・ビリンガムが眼を伏せた。涼子の容赦ない指摘は正確だったらしい。

「だからアーテミシアは同情に値《あたい》しない！　目的は勝つこと。勝つために戦う。戦力をたくわえ、時機を待ち、戦略を立て、戦術を練る。泣くヒマがあったら、計略をめぐらせろ。自己憐憫《れんびん》にひたる時間があるなら、敵の弱点をさぐれ。母親や主治医におぞましい秘密があるなら、それをネタに脅迫して、自分の自由と尊厳《そんげん》を守るぐらいでなくてどうする!?」

右手に力をいれたので、散弾銃の銃口が、痕《あと》がつくほど強く葛西の頬にくいこんだ。葛西がうめき声をあげる。制止しようとして、私は、ふと葛西の表情に妙なものを感じた。

こいつ、何だか喜んでいるように思えるが……。

おそるおそる、という感じで、ヘザーがおうかがいを立てる。

「あの、わたし、もっとお話しすべきでしょうか」

「いまはいいわ。ゆっくり話を聴いてる時間もないしね。あんた自身が証言を記録したディスクなんだから、こわされないよう護衛役をつけなきゃ」

涼子はえらそうに、ひとりを指名した。

「お由紀、あんたの仕事よ」

「わたしが？　なぜ!?」

「あら、だいじな証人を守るのがイヤだっていうの」

「そんなことはないけど……」

「マイラ・ロートリッジはこの女《ひと》の口を封じるため、どんな策《て》でも打ってくるわ。だいそれた悪事をはたらくのに、ジャマになるからね」

「それはあなたの思いこみでしょ。そもそも、マイラ・ロートリッジがどんな犯罪をしでかしたというの。娘に対する道徳的な罪は別として」

由紀子にしてみればもっともな問いだ。

「クローンだろうと、産《う》んだ子だろうと、アーテミシアがマイラの分身だということに変わりはない。自分の分身の尊厳さえ平気で傷つけるやつが、他人の尊厳を尊重するわけがない。賭けてもいいけど、マイラの鬼婆《おにばば》あは、自分を不老不死の存在にした上で、とんでもないことをたくらんでるわよ。人類滅亡とかね」

「クローン？　何のこと？」

アーテミシアのハンカチについて、由紀子はまだ何も知らないのだ。

「お涼のいうことを聞いてると、まるでマイラ・ロートリッジという女《ひと》が悪魔みたいに思えてくるけど」

「あのさ、お由紀、悪魔が人類を亡《ほろ》ぼすなんてありえないことなのよ。悪魔は人類に寄生して、つまりは共存してるんだから。人類が亡びれば悪魔も亡びるの。マイラ・ロートリッジは悪魔じゃない。神サマを気どってるのよ」

明快に、涼子は指摘する。

「ノアの大洪水の話、もちろん知ってるわよねえ。人類を亡ぼそうというのは、神の発想なの。自分が創《つく》ったものだから皆殺しにしてどこが悪い、自分のいうことを何でもきくやつだけ生きのこればいい……」

形のいい鼻の先で、涼子は笑った。

「ノアの大洪水の話をはじめて聞いたとき、あたしは思ったわよ。神サマって何てバカなんだろうって。自分にさからうやつがいるから、世の中おもしろいんじゃないの、ねえ」

なぜか私を見ながらそういう。私としては返答のしようがなかった。だが、正直な感慨を述べるなら、薬師寺涼子の美しさと、それをささえるものに圧倒されてしまった。

この女《ひと》は、美しさが強さであり、強さが美しさなのだ。自分より強大な敵に対して怯《ひる》むことはなく、尊厳を踏みにじろうとする敵に屈することもないだろう。正面から戦うのが不利なら、どんな汚ない策《て》を使っても、自分と自分にとってたいせつなものを守りぬく。その決意はダイヤより堅いのだ。

涼子が、アーテミシアが気にくわなかった理由はよくわかる。同時に、涼子のような強さを持つことができず自壊《じかい》してしまったアーテミシアに対しても、やはり同情を禁じえなかった。アーテミシアは、自我を守るのに、たぶん温室が必要な女性だったのだ。

涼子は視線を私の顔からヘザーにうつした。

「あのドラ娘、結論を出すのが早すぎるのよ。死ぬのを二、三日のばして、あたしにすべてを打ちあけていたら、代打逆転サヨナラ満塁ホームランをかっ飛ばしてやったのに」

「彼女を助けてあげたの？」

と、由紀子が問う。

「そうよ。アーテミシアをロートリッジ家の支配者にしてやったわ」

「あなたなら可能ですね」

あながちオセジでもなく私がいうと、力いっぱい涼子はうなずいた。

「そう、あたしなら可能だったのに。しかも御礼は、ロートリッジ家の資産の半分か、UFA《ユーファ》の経営権か、どちらかでいいという出血サービスで！」

私はよろめき、由紀子はホールの天井をあおぎ、岸本は頭をかかえて左右を見まわした。

「の、乗っとる気だったんですか」

「人聞きの悪い。弱体の民主派をサポートして、兇悪な独裁者を打倒し、苦しんでる人々を解放するのよ。イラクでアメリカがやって日本が支持したヤリクチよ。国連にだってモンクをいわせるもんですか」

「マイラ・ロートリッジのことを、警視総監に報告したら？　政府やアメリカ大使館に対して、善処《ぜんしょ》を求めることができるかもしれないわ」

良識派の由紀子らしい提案である。

「だめだめ。どうせ両国の政府間でキタナイ取引をして、マイラ婆さんはオトガメなしってことになるに決まってるのよ。そんな決着、大天使ミカエルが許しても、あたしが許さない！」

涼子は大きく息を吸って吐き出すと、散弾銃をふたたび私に手渡し、葛西敬吾の襟首をつかんだ。

「さあ、マイラ・ロートリッジのところへさっさと案内おし。でないと……」

「で、でないと、どうする気だ」

「口にするのも恥ずかしい目にあわせてやる！　そういう目にあいたいか、どうだ!?」

涼子の脅《おど》しに、葛西敬吾が反応した。ただし、その反応は私の想像を絶《ぜっ》していた。鋭いというより険《けわ》しい両眼の光が音もなく弱まり、薄い唇がだらしなく弛《ゆる》んだ。眉まで両端が下がったように見える。

「ど、どんなことをしてくれるんだ……ぐ、具体的に教えてくれ……そうしたら何でもしゃべるから……」

口の端からよだれが落ちる。その場にいる全員が、葛西という男の性癖《せいへき》をさとった瞬間であった。

第八章　荒野の決闘

I

　マイラ・ロートリッジがどこにいるか、その事実を葛西敬吾は告白した。「告白しないと、恥ずかしい目にあわせてやらない」と、涼子が言明《げんめい》したからだ。

　涼子のヤリクチを、私はあるていど知っている。告白してもゴホウビがもらえるとはかぎらないのだが、教えてやる必要もないので私はだまっていた。どうやら涼子の裡《うち》に理想の女王サマを見出したらしく、葛西は半ば忘我《ぼうが》の状態でしゃべりまくったものだ。

　必要ないこともふくめて何でもかんでも尋《き》き出してしまうと、涼子は、すがりつこうとする葛西をジャケンに蹴り倒して飛び出そうとした。

　まさにその寸前、駆けつけたのが長野県警本部長である。オトモなしでは動けない人だから、五人ばかり私服や制服の警官を引きつれてきた。

「や、やはり矢ヶ崎公園の乱闘さわぎは陽動《ようどう》作戦だったか。こら、どこへいく気だ。これ以上よけいな騒ぎをおこしたら赦《ゆる》さんぞ」

　息をはずませ、涼子に指を突きつける。

「いいかね、ここは東京都じゃなくて長野県だ」

「山の向こうは群馬県ですわね」

「よけいなこと、いわんでいい。とにかく、ここを管轄《かんかつ》しとるのは、警視庁ではなくて長野県警だ。警察庁からの指示があったわけでもなし、何で君らのやることで迷惑かけられねばならんのだ」

　矢ヶ崎公園で女装愛好家たちが乱闘するのを知って、それがドラよけお涼の陽動作戦であると本部長は見ぬいた。なかなかの烱眼《けいがん》だが、涼子は乱闘さわぎを悪用しただけであって、すべて仕組んだわけではない。その点は過大評価だ。

「それで、どうなさるとおっしゃいますの」

「な、何だ、脅《おど》かしたってこわくないぞ。私は長野県警本部長だ。階級だって君よりずっと高いんだからな」

「長野県警本部長に就任なさる前は、出向《しゅっこう》して、横浜市の助役をなさってましたよね」

「そ、それがどうした」

「べつに」

「な、何がいいたい、そのころ私が何かやったとでも……」

「べーつーにー」

涼子は玄関ホールの高い天井を見あげてうそぶく。

見かねて、室町由紀子がすすみ出た。

「本部長、葛西敬吾はアメリカ国籍の女性に対する監禁と、武器不法所持、公務執行妨害について、容疑を認めました。まず任意で取り調べをなさってはいかがでしょうか」

「よけいなこと、いわんでいい!」

そこで私が、ひかえめに口をはさんだ。

「すみません、僭越《せんえつ》ですが……」

「ああ、まったく僭越だな」

本部長が、警部補フゼイの発言に門前払《もんぜんばら》いをくわせようとするのを、由紀子が制した。

「意見があるのね。いってみて、泉田警部補」

「では申しあげます。薬師寺警視はどうあってもマイラ・ロートリッジにケンカを売る気でおります」

「そ、そんなことをさせるわけにはいかん。君たちも協力して彼女をとめてくれ」

「不可能です。あの女《ひと》はいわば浅間山みたいなもので、噴火口をふさいでも爆発が大規模になり、被害が増えるばかりです。このさい重要なのは、利益をあげることではなくて、被害を最小限にくいとめることではないでしょうか。火山ではなく台風になってもらえば、むしろ、スピードをあげてさっさと通過してもらうことができるでしょう」

私としては、あからさまに口には出せない。だが由紀子が真意を諒解《りょうかい》してくれたことは、彼女の表情であきらかだった。つまり、涼子はもともと長野県警本部長なんか眼中にないのだ。ロートリッジ家とUFA《ユーファ》とを好きなように料理させてやれば、それで満足して、本部長は放っておくにちがいない。

由紀子や私が本部長をおどしたりすかしたりしている間、涼子は広いホールの反対側で、ふたりのメイドやヘザー・ビリンガムと何か話しあっている。本部長のオトモたちが近くで耳をそばだてているが、英語やフランス語の会話では手におえないだろう。

「もし薬師寺警視を制止しようとしてできなければ、本部長はお気の毒ながら結果責任を問われることになるでしょう。でもまったくご存じなければ、ご無事でいられますわ」

ある有名な財界人は、「おれが一番きらいな日本語は『寄付』という言葉だ」といったそうだが、官僚が一番きらいな日本語は「責任」だろう。由紀子の説得でついに本部長はうなずいたが、念を押すことは忘れなかった。

「ふむ、では今後の事態については、東京のほうで責任をとってくれるということだな」

「けっして本部長の責任にはならないよう、事を運べると存じますわ」

このあたりはキャリアどうしの呼吸というもので、私の出る幕はない。

こちらの会話が一段落したのを知って、わざとらしく涼子が問いかけてきた。

「どう、話はまとまった?」

「あなたの勝ちです」

私の言葉で、涼子の表情がゆるんだ。歩み寄って、私は上司にささやいた。

「本部長は、何も知らなかった、聞かなかったことにする。そういうことになりました」

涼子の両眼が邪悪な光を放った。

「ハッ、あいつにしては賢明な判断だわ。もともと小物なんか相手にする気はなかったけど、ま、よけいな手間がはぶけてサイワイ。これまでのことは見逃《みのが》してやろう」

「それがいいと思います」

「それじゃ、いよいよマイラの鬼婆あを退治にいくわよ」

あわただしく一同が動き出す。まず長野県警本部長がオトモを引きつれて退場した。葛西敬吾とは視線をあわさないようにしている。その葛西はというと、脱税や贈賄《ぞうわい》の証拠書類を隠した場所まで告白してしまい、すっかりカラッポになってすわりこんでいる。救急車を呼ぶのも警視庁に連絡するのも由紀子にゆだねて（押しつけて）、涼子はすっかり上機嫌だ。


岸本がトコトコと私に近づいてきた。

「ミス・ビリンガムがお話があるそうですよ。気になることがあるとかで」

何だろうと思いながら、カウチにすわりこんでいるヘザー・ビリンガムに歩みよった。

「何ですか、気になることって」

彼女は私を見たが、顔色があまりよくない。発した声も、どこかおずおずとしている。

「アーテミシアはほんとうに死んだんでしょうか」

「え？」

愕然《ぎょっ》として見返すと、ヘザー・ビリンガムは小さく身慄《みぶる》いした。

「いつかアーテミシアがいいました。酔っぱらっていたらしいのですけど、彼女はいいました。自分は死にたくとも死ねないようにされているのだ、だから、死んだと聞いてもうかつに信じるな、何日かで帰ってくるからって……」

何日かで帰ってくるから。それだけだとありふれた台詞《せりふ》だ。だが、このとき私は、夏の軽井沢が冬のスコットランドに一変したかのような悪寒《おかん》をおぼえた。

「たしかめて来ますよ。あなたはとりあえずミス・ムロマチの保護を受けていてください。あの女《ひと》は信頼できますから」

「泉田クン、いくわよ!」

「はいはい、いますぐ」

由紀子と、ついでに岸本にも後事を託して、涼子と私はふたりのメイドとともに車に乗りこんだ。車というのは葛西の所有物で、これがまた絵に描いたような黒いベンツである。ベンツにはまったく罪はないことだが、こういう車を走らせていると、トラブルに巻きこまれるのを恐れる善良なドライバーたちが接近してこないので、とくにこの日の涼子などにとっては、つごうがいい。

涼子がハンドルをにぎり、私は助手席にすわる。リュシエンヌとマリアンヌは後部座席に乗りこんだが、その前後に何やら細工《さいく》をした。小さなボンベから黒いゴムのチューブを車体の外に伸ばす。チューブの先から無色の液体が地上にしたたり落ちる。

と、つながれたままの犬たちがやたらと咆《ほ》えはじめた。その咆えかたがどこか奇妙で、敵意でないものをふくんでいる。

犬たちのコーラスに送られて、ベンツは走り出した。液体の正体を私はさとったが、そんなものを涼子がふりまく理由についてはわからなかった。

二分も走ると涼子がつぶやいた。

「今日は蒸《む》し暑いわね、軽井沢《こちら》なりに」

「東京はもっと暑いんでしょうね」

失言に気づいた。「だから軽井沢につれてきてあげたでしょ」といわれたら返す言葉がない。だが涼子が口にしたのは、べつの台詞だった。

「年に何日か、こういう日があるのよ。かなり暑くなって、これでも軽井沢か、と思ってると、午後になって天候が急変する」

「へえ」

「それこそ、熱帯のスコールか、といいたくなるような雷雨になるか、そうでなければ濃い霧が山から下《お》りてきて、町をすっぽりつつみこむ。ま、どちらにしても涼しくはなるんだけどね」

「雷はイヤですね」

後で思えば、芸のない反応だった。

II

「じつをいうとさ、マイラ・ロートリッジのいる場所は、葛西の変態おやじから尋き出すまでもなかったの」

「といいますと?」

「昨日、レストランでマスターがいってた場所よ。メボシはつけといたんだ」

東京の大企業がゴルフ場を建設する予定だったが、計画中止で放置されたままになっている八〇万平方メートルの土地。浅間山麓にひろがる山林と原野だ。そこがすでにＵＦＡ《ユーファ》の日本法人によって買収されているという。

「しかも、その周囲二〇〇万平方メートルは国立公園内の開発禁止区域に指定されてる。誰も近づかない。多少あらっぽいことをやっても気づかれずにすみそうね」

「ＵＦＡ《ユーファ》はなぜそんな土地を?」

「極東での研究開発センターをつくるんだってさ」

「何を研究するんでしょうね」

「どうせ人類を死滅させる方法とか、そういうのじゃないの」

「核シェルターをつくるという可能性は?」

「そのための土地なら、マイラは父親の代から持ってるわ。アイダホ州にね」

アイダホ州はアメリカ本土の北西部、太平洋とロッキー山脈の間にある。州の名前を知る日本人はすくない。知っている人でも、せいぜいポテトチップスの原料になるジャガイモの産地として認識しているくらいだろう。広大な土地に人口はすくなく、農牧業中心の、のどかな田舎《いなか》だ。

　だが、この州には別の一面がある。素朴で信仰心が強いという裏に、きわめて閉鎖的で保守的な土壌があり、キリスト教右派の牙城《がじょう》で、「民兵《ミリシア》」と呼ばれる武装集団の共同体《コロニー》がいくつも存在する。彼らは拳銃やライフルにとどまらず、マシンガン、バズーカ砲、装甲車などで厳重に武装し、世界最終戦争《ハルマゲドン》が到来する日を待ちつづけている。その日が来たら、天上から降臨《こうりん》する神の軍隊に呼応《こおう》し、地上にいる異教徒たちを皆殺しにするのだ。

　一九九五年といえば、日本ではカルト教団による地下鉄での無差別テロ事件がおこったが、アメリカでも民兵《ミリシア》による同様の事件が発生し、オクラホマシティで一六八人が殺害された。その一割以上が幼児や乳児だった。以後、アメリカ合衆国政府は民兵《ミリシア》を監視してはいるが、政府の内外に民兵《ミリシア》の同調者が多いので、今後もどんなテロが発生するか知れない。

　マイラ・ロートリッジの父親インホフは、狂信者だった。最初はそうではなかったとしても、中年のころにはすでに常軌《じょうき》を逸《いっ》していた。黄金天使寺院《GAT》の最大のスポンサーとなり、聖典を信じこみ、アイダホの山中に巨費を投じて核シェルターを建設しようとした。

「泉田クン、『ヨハネの黙示録』は読んだことがある？」

「はあ、むかし一度だけ」

　告白すると、まじめに宗教書として読んだわけではない。世界最終戦争《ハルマゲドン》による人類滅亡を預言《よげん》したオカルト本として、興味本位で読んだのだ。「見よ、蒼《あお》ざめたる馬あり」なんて印象的な文章があり、それが小説や映画のタイトルに使われていることぐらいは知っている。

「『ヨハネの黙示録』の第七章や第一四章に、こういう記述があるの。古代イスラエルの一二の部族からそれぞれ一万二〇〇〇人ずつ、合計一四万四〇〇〇人が天使によって選び出され、神の僕《しもべ》として額《ひたい》に刻印《こくいん》を押される。この一四万四〇〇〇人は全員が男で、若くて、『女に触れて身を汚したことのない者』だってさ。でもって、彼らが最終戦争に生きのこって、あたらしい世界をきずくんだって」

「はあ、男だけ一四万人あまりですか」

「そう」

「女性は死に絶《た》えるわけですね。それでどうやって子孫を殖《ふ》やすんです……?」

私は口をつぐんだ。ようやく腑《ふ》に落ちたのだ。

「そうか、だからクローン技術を研究していたんですね」

「そういうことになるわね」

「うーん、まいったなあ」

最終戦争の後、荒廃した地球に一四万四〇〇〇人のキリスト教徒の男だけが生きのこって、あたらしい世界をつくり、クローン技術で子孫をふやす。何ともおぞましい未来だ。まちがって一四万四〇〇〇人のひとりに選ばれるようなことがあっても、そんな世界に生きていたくはない。ジャッキー若林だったら喜ぶかな。いや、あの人は、女装をのぞいたら普通の市民だと思うのだが……。

「すると、マイラは、父親がアイダホ州の山中に建設しようとしていたシェルターを、自分の手で完成させる気なんですか」

「それどころか、一四万四〇〇〇人が生活できる地下都市にまで拡張しようとしてるわけ。黄金天使寺院《GAT》の聖典というのは、『ヨハネの黙示録』をもとに妄想を暴走させたゲテモノで、カルト教団としてはべつにめずらしいものではないの。その種の本が、アメリカ全体では六〇〇〇万部も売れてるっていうしね」

気づくと、車窓の外に浅間山がせまっている。葛西敬吾の要塞じみた別荘から、だいたい西北方向へ走ってきたのだ。道も平坦ではなく、登り坂がつづき、カーブも多くなってきた。そして、振り向くと、路面が見えないほど多くの犬が車についてくるのだ。

ベンツはおさえたスピードで走りつづける。黒いチューブからは透明な液体が路面へとこぼれつづける。それを追って、おそらく一〇〇〇匹以上の犬が高く低く恋の歌を咆《ほ》えたてながら疾走する。そう、涼子がメイドたちに指示して車に搭載《とうさい》させたボンベには、犬用の強力な媚薬《びやく》がつめこまれていたのだ。

「犬たち、増える一方ですよ」

「いま軽井沢にいる犬が全部あつまるかもね」

「メスもですか」

「オスが走ればメスもつられるわよ」

対向車の数はすくなかったが、犬の大群を見て仰天《ぎょうてん》しないドライバーはいなかっただろう。賢明なドライバーは早めに路肩《ろかた》に寄って停車し、犬の大群をやりすごす。気がきかない者は道路上に停車して茫然と犬たちを見やる。もっと気のきかない者は、犬たちをよけて走ろうとして電柱に車をぶつける。

公僕にあるまじき迷惑と混乱をまきちらしながら、黒塗りのベンツは未舗装路につっこんだ。タイヤで小石をはね飛ばし、たてつづけに五、六回バウンドすると、大きな看板が丈《たけ》高い雑草の間に立っているのが見えた。

「私有地　立入厳禁　（株）ＵＦＡジャパン」

傾国絶色《けいこくぜっしょく》の無法者は、形のいい鼻の先で笑うと、わざわざベンツの車首の角度を変え、罪もない立看板をはねとばした。ふたたび車首の角度を変え、ＵＦＡ《ユーファ》日本法人が所有する原野に躍りこむ。

前方に、人と車が陣地をつくっていた。二輪と四輪をあわせて、車が三〇台ほど。人は一〇〇人以上いる。そろって兇悪な顔つきをした地球人のオスばかりだ。戦闘服や迷彩服を着こみ、日本刀やら金属バット、角材、特殊警棒、ゴルフクラブなどで武装している。多くはないがライフルや拳銃《チャカ》を持つ者もいた。中宮組や別宮組の構成員《ヘイタイ》だろう。

黒いベンツは猛牛のように突進した。オートバイが一台はね飛ばされる。ベンツをかこもうとした暴力団員たちが仰天して逃げまどう。彼らの頭上に、霧状の媚薬がふりまかれる。犬の大群がそこへ殺到してきた。

「技術は日々に進化するのよ！」

涼子が高笑いする。

金言というべきかどうか。進化の結果は目にもあきらかだった。一〇〇人以上の暴力団員は、その一〇倍にもなる数の犬に前後左右から飛びかかられ、引きずり倒された。

「ひえー、助けて」

「こんなの反則や、やっとれんわ」

日本刀や金属バットを振りまわし、むらがる犬をなぎはらおうとするが、たちまちセントバーナードに押さえこまれ、フォックステリアになめまわされる。土佐犬にのしかかられ、ドーベルマンに衣服を噛《か》みちぎられる。鼻やら手やらを噛まれ、血まみれになって救いを求める者が続出した。

暴力団員とはいえ、あわれな姿だが、涼子は同情なんかしない。

「ざまあごらんあそばせ。警察にさからうやつは、みんなこうなるのよ」

警察全体に責任を拡散させながら、右へ左へと車を走らせ、犬の媚薬をまきちらす。

「こらあ、出てきさらせ、たたき殺したるで！」

元気に、かつ下品にわめきながらベンツへ駆け寄ろうとした大男が、頭から犬の媚薬をあびた。たちまちシェパードやグレートデンが飛びつき、草のなかに引きずり倒す。犬の咆哮と人の悲鳴がいりみだれる。

「よし、降りるわよ」

ベンツを停めて、四つのドアから四人が飛びおりる。それに気づいた敵の間で、殺気だった会話が飛びかう。

「殺してやる！」

「だめだ、とくに女を傷つけてはいかん、という厳《げん》命《めい》だ。生かしてとらえろ」

「男のほうは殺していいのか」

「いや、殺してはまずい。手か足をねらえ」

私の頬には、たぶん皮肉な笑《え》みが浮かんだことだろう。相手を殺さず、手か足をねらって撃つ。戦闘力をうばうにはそれで充分なわけだが、こちらがそうするのは人を殺したくないからだ。ロートリッジ家の私兵たちはこれまで国の内外でけっこうな人数を殺しているはずなのに、いまさら何をためらっているのやら。

たぶん日本政府との間によけいな軋轢《あつれき》が生《しょう》じるのをふせぎたいのだろう。とりあえず、私はそう解釈した。いずれにせよ、自分に有利な状況は活《い》かすべきだ。

すでに涼子はそれを実行していた。

ブローニングの軽快な銃声がたてつづけにひびいて、ふたりの男が草のなかに倒れる。苦痛のうめきがあがる。ひとりは右腕をおさえ、ひとりは左ひざをかかえて。

三人めの男が怒声《どせい》をあげ、涼子に向けて飛びかかろうとポーズをとる。私は両手でベレッタをかまえ、銃口を低くして引金《トリガー》をひいた。かるい反動につづいて、男の片ひざに赤い色が弾《はじ》けた。男は絶叫を放って倒れこむ。四人めの手首を撃ちぬいて、涼子が私に余裕たっぷりの笑顔を向けた。

「あとはマリアンヌとリュシエンヌにおまかせよ。いこう!」

三〇秒ほど後、雑木林の手前で、私たちはマイラ・ロートリッジとモッシャー博士に対面した。

III

「徹夜で待ってたのに、うかがえなくてごめんなさいね。やわらかいベッドで眠るのにいそがしかったもので、オホホホ」

涼子はさまざまな才能にめぐまれているが、ニクマレ口をたたく才能もそのひとつだ。しかも英国放送協会《BBC》アナウンサー級の英語で。

にらみ返すマイラの両眼の下に、薄い隈《くま》がある。たしかに徹夜で待機していたにちがいない。銀色のリムジンの車体に寄りかかり、あわいグリーンのサマースーツに身をつつんでいる。モッシャー博士はあいかわらず薄汚れた白衣。

車のそばに置かれているものを見て、私はかるく息をのんだ。

黒い柩《ひつぎ》。重厚で不吉な雰囲気をかもし出す長方形の箱。あのなかにアーテミシアが横たわっているのだろう。猛火に焼かれた姿で。

柩の存在には、むろん涼子も気づいたようだ。とがめだてする視線を医師に突き刺す。

「遺体の解剖はしないの？」

「なぜそんなことをする必要があるのかね。事件でもないのに」

モッシャー博士は妙に卑《いや》しい印象で口もとをまげた。

「あんたの存在自体が事件じゃないのさ。死刑にならなくても、三世紀ぐらい刑務所にいれられてもモンクはないはずよ」

マイラとモッシャー博士の左右にひかえる一ダースの男たちが、無言のまま涼子と私にサングラスごしの視線を向けている。重量を感じるような圧迫感があったが、涼子は平然としていた。まったく、この胆力《たんりょく》は男たちのおよぶところではない。

「あんたたちがここで迎えのヘリを待ってるのは、とっくにお見通しよ。こそこそ逃げ出す前に、泉田クンに支払ってもらおうじゃないの。賠償金一〇〇億ドル、さっさとお出し」

「正気でいっとるのか」

「あら、アメリカでは、コーヒーをこぼして火傷《やけど》したら、一〇〇億ドルぐらいかるく店側に要求するじゃないの。懲罰的賠償とかいって、それをまた裁判所が認めるのよね。車ではねたあげく拉致監禁したんだから、それぐらいの金額、当然でしょ」

「このさい賠償金の話はいいですよ」

孤独に死んでいったアーテミシアのことを考えると、あまり金銭的な要求をする気にもなれない。

「いいのよ、一〇〇億ドルふんだくったら折半《せっぱん》で」

「セッパン!?」

「君とあたし、五〇億ドルずつ。妥当《だとう》なところでしょ。公平にふたりで山分けしよう」

何が妥当だ。何が公平なんだ。

はじめてマイラが口を開いた。

「その男をはねたのはアーテミシアのやったことで、彼女《あれ》が死んだ以上、わたしが責任をとる必要はない。でも、はしたガネがほしいなら、後日、弁護士を通して要求しなさい」

「いまでなきゃダメよ。あんたには後日なんかないんだから」

たたきつけるような涼子の声を受けて、マイラ・ロートリッジは両眼を細めた。半ば瞼《まぶた》に隠れた瞳が、ガラス玉のように空虚な光沢を浮かべている。

「アーテミシアはほんとに出来《でき》の悪い娘だった。自分の義務もはたさず、親への恩も返さず、誰の役にも立たず、あてつけで死んでしまった。生きている意味のない人生、生きている価値のない娘だったわ」

これほど無慈悲な墓碑銘《ぼひめい》は、見たことも聞いたこともなかった。私は言葉もなく、美貌と巨億の富を誇る中年女性を見やった。

「アーテミシアの義務というのは、あんたの脳を移植され、身体をとりあげられる、ということなんでしょ？」

いきなり詰問の刃《やいば》を突きつけられても、マイラは動じなかった。理非《りひ》善悪はともかく、この女性も凡《ただ》物《もの》でないことはたしかだ。

風が吹きぬけ、雲の影が地上を通過していく。涼子は観察するような鋭い視線をマイラに向け、それにふさわしい鋭い声を投げつけた。

「脳移植なんてバカげたこと、できると思ってるの？」

「できるわ、もちろん」

マイラの断言は自信にあふれていた。

「モッシャー博士ならやってくれる」

「このインチキ医者にそんな上等な曲芸ができるわけないでしょ。幼児に対する性的虐待の常習者。いっぽうでは妊娠中絶が神に対する罪悪だという理屈で、中絶手術をする医師を殺すよう、宗教右派のテロリストどもを煽動《せんどう》して、五人も死なせてる」

「モッシャー博士は神の使徒よ」

「神って、あんたのこと？」

涼子がせせら笑う。マイラが答えずにいると、涼子は容赦なく追い撃ちをかけた。

「ま、いずれにしても脳移植なんて不可能になったわね。あんたがその腐った脳ミソを移植しようとした相手は、一昨日《おととい》、自殺してしまったものね」


「アーテミシアのこと？」

「他に誰がいるっていうの。自殺なんてするより、あのドラ娘は、憎むべき母親をぶっ殺すべきだった、と、あたしは思うけどね。最後の最後に、自分の身を火中に投《とう》じて、母親の妄想をたたきつぶした点だけはみごとだったわ」

マイラの唇の両端がゆっくりと吊《つ》りあがる。対照的に、涼子は柳眉《りゅうび》をかるくひそめた。

「気色《きしょく》悪い笑いかたしないでよ」

「アーテミシアが死んで、わたしが絶望してるとでも思ってるの、小娘《リトルガール》？」

「してるでしょ。あのドラ娘が死んだというより、身体《からだ》が焼けてしまったこと、それが惜しくてたまらないはずよ。いまさら強がりはおやめ」

「アーテミシアなんて、どうでもいいわ」

マイラはいいすてた。それが負け惜しみではなく、本心であることを、私はさとって、こみあげる嘔吐感《おうとかん》をかろうじてこらえた。

IV

「若くて美しくて健康な身体であれば……たとえば、お前のような身体よ」

マイラの指が涼子に突きつけられた。両眼には暗《あん》赤色《せきしょく》の炎が揺らめいて、さながら地獄の溶鉱炉《ようこうろ》だ。周囲には、目に見えない冷たく重いカーテンがおろされたようで、銃声も悲鳴も犬の咆哮もはるか遠ざかったかに感じられた。

「さっさとアメリカ本国《ステーツ》に帰りたかったのだけど、その前に、お前の身体を手に入れておきたかった。昨夜のうちに決着《かた》をつけておきたかったのだけど、お前は来なかった。だからこうしてぎりぎりまで待っていたのよ」

「それは残念だったわね。おあいにくさまだけど、あたしは昼行性《ちゅうこうせい》なのよ。あんたみたいに、紫外線でお肌にシミができる心配もないしさ」

涼子の声など聞こえないように、マイラは半歩すすみ出た。

「ああ、美しい肌だこと。極上《ごくじょう》の白絹みたいになめらかで、豊かな血色が透けて、薔薇《ばら》色にかがやいている……非の打ちどころがない肉体だ。そんな美しい肉体、お前なんかにはふさわしくない。このマイラ・ロートリッジにこそ、ふさわしい。わたしの脳を移植し、ひいては高貴なタマシイを棲《す》まわせてやろう」

「ずいぶん好き勝手をいってくれるわね、この変態婆さん」

「おだまり！　お前のように邪悪で兇暴で利己的でワガママであつかましいタマシイ、その美しい肉体にふさわしくないわ。その身体をわたしにおよこし。それが手にはいるなら、こんな辺境の島国にやってきた甲斐《かい》がある……」

前半の部分だけだと、けっこう説得力があるのだが、マイラの台詞《せりふ》の後半はひたすらおぞましいだけだ。小さく身慄《みぶる》いして、私がベレッタをにぎりなおすと、黒ずくめの男たちがいっせいに反応した。どうも、うかつには動けないようだ。

「ふん、なぜこんなところでぐずぐずしていたのかと思えば、そういうことだったのか。くだらん」

舌打ちするモッシャー博士のようすを見ると、マイラが涼子の美しい肉体に執着していたことに、彼は気づかなかったらしい。

「もうすぐヘリが来る。双発《そうはつ》の大型ヘリをわざわざ呼びつけたのは、柩をのせるためかと思っておったが、その小娘《リトルガール》をつれていくつもりだったのか」

「もう柩なんかいらない。このまま放っておいて、この小娘《リトルガール》をつれていくわ」

「早まるな、マイラ、冷静になるんだ。でないと小娘《リトルガール》のペースに巻きこまれるぞ」

モッシャー博士のたしなめる声を聞き流して、マイラはさらに半歩、涼子に近づいた。

「まったく、娘が娘なら母親も母親だ。この家系には理性というものがないのか」

モッシャー博士の罵倒《ばとう》が、私を刺激した。私は思わず大きな声をあげた。

「ちょっと待て、すると、アーテミシアは母親《マイラ》のクローンじゃなかったんだな」

「ふん、それがどうした」

「父親は誰なんだ」

「知りたいのかね」

「まちがえて別人を殴《なぐ》りつけたらまずいからな」

拙劣《へた》なジョークだった。私とおなじ評価を下したらしく、モッシャー博士は前歯をむき出してせせら笑ったが、質問には答えてくれた。

「名前を知る価値もない、くだらん男だよ。アメリカに何万人もいる、いや、フランスにも日本にも、インドにも中国にも、算《かぞ》えきれないくらいいる手合《てあい》だ。自分が成功しない理由を考えつくのだけは天才的で、成功者の悪口ばかりいっている。歴史を変えてみせる、などと大ボラを吹きながら、実際にやっているのは、ばかな女を喰いものにするだけだ。ま、顔だけはよかったがな」

モッシャー博士は毒々しく笑った。私がおどろいたのは、彼の話の内容ではなく、マイラの態度だった。博士の話はマイラにとって不快な衝撃をもたらすはずなのに、うつろな眼にガラス玉の光をたたえて、異議をとなえようともしないのだ。

「マイラは聴《き》いとらんよ。いや、聴こえんのだ。マイラの精神は、不快な情報を遮断する。不快な記憶を消去する。まあ、どちらにしても完全にとはいかんが、いまのマイラにとって、わしの話は他人事《ひとごと》のように思えるだろうて」

涼子はというと、マイラに対峙《たいじ》しながら、モッシャー博士の話を聴いていることは確実だった。そのことを博士も察しており、私よりむしろ涼子に話を聴かせようとしていた。

「現実を認めるなんて、マイラのプライドが許さなかったのさ。才色兼備とうたわれたロートリッジ家のご令嬢が、カス野郎の子どもを出産するとはな。そんなことはありえない、あってはならない、と、彼女は考えた」

涼子が、博士を見ないまま会話に加わった。

「そこでマイラは自分自身にいいきかせたわけね、自分の産んだ子に父親はいない、と。自分自身と世間とをごまかすために、遺伝子工場《ジーニアス・ファクトリー》なんてゲテモノを考え出した」

「そういうことさ」

モッシャー博士は平然というよりむしろ愉快そうだった。こころおきなく露悪《ろあく》趣味を満開できてうれしいように見える。

「それで、アーテミシアの父親は現在《いま》どこでどうしてるの？」

「さあな。魂は煉獄《れんごく》のかなり下のほうをうろついているだろうよ」

「殺したのか」

わざわざ私が確認したのは、「殺した」という言《げん》質《ち》を、できれば取っておきたかったからだ。モッシャー博士は声をたてずに笑っただけで、私の策《て》には乗ってこなかった。

「わしは知らん。マイラに尋いてみたらどうだ」

「尋くまでもないわね。あんたはマイラに手《インホフ》を貸して、存在してはならない男を消したのよ。父親のときと同様にね」

マイラは父親を殺したというのか。強烈な弾劾《だんがい》は、薄笑いで応じられた。つまり真実なのだ。

「クローンだなんて戯言《ざれごと》もいいところだけど、DNAはどうやってごまかしたの？」

「わからないかね」

「マイラ自身のDNAを、アーテミシアのものだといって見せたんでしょ。あんただけをマイラは医師として信じてたわけだから」

モッシャー博士はうなずいた。たいへんよくできました、といいたげに見えた。

「シンプル・イズ・ベストさ。最新を気どるやつほど、古典的な策《て》にひっかかる」

「ああ、そういえば、アメリカ軍はゲリラ戦に弱いもんね。まったく、モッシャー博士、あんた医者としては最低で科学者としては最悪だけど、ペテン師としてはたいしたものだわ。知識も技術もないけど、貧乏人じゃなくカネモチをたぶらかした点だけは、ほめてあげる」

モッシャー博士の手を借りて、マイラは、自分の父親インホフを殺し、アーテミシアの父親をも殺した。マイラは父親の富と権勢と妄想とを相続した。共犯であるモッシャー博士はマイラを支配し、彼女を通《つう》じてUFA《ユーファ》帝国をも支配した。以後、ふたりはコンビを組んで暴走を加速させていった、というわけだ。モッシャー博士はマイラの愛人ではない。美男子ではないから、マイラに愛される資格はなかったのだ。マイラは内容《なかみ》のない美男子を愛した。一度だけのことではなかった。

「つぎにマイラがひっかかったのは、やはり顔だけはいい男だったよ」

　モッシャー博士は陽気に告《つ》げた。

「イギリスの伯爵で、コーンワル地方に城館を持っていて、海軍中佐で秘密情報部の優秀な工作員だと名乗っていた」

「そんな戯言《ざれごと》、女子中学生でもひっかからないわよ」

「マイラはひっかかった」

「幼稚すぎない？」

「マイラの知能は低くないんだがね。精神的にいうと、永遠の夢見る少女なんだ」

「今度は美化しすぎね。夢にしては、ずいぶん瘴気《しょうき》と腐臭《ふしゅう》に満ちていると思うけど」

「どうでもいいさ。美しかろうと醜悪だろうと、夢はさめる。幻滅《げんめつ》したあと、マイラが男をどうしたか、いう必要もないだろう」

　このコンビは、これまでいったい何人を殺してきたのか。いや、何十人か。

「ま、父親《インホフ》が美男子で、家庭では暴君だったから、人格形成の過程で問題が生じたということだろうが」

「父親に虐待されていた人間には、他人を殺す権利と資格がある、とでもいいたいわけ？　冗談は厚化粧だけにしてよ」

　涼子がマイラに向けて吐きすてる。うつろだったマイラの顔に表情がもどってきた。むろん、心あたたまる表情ではなかった。

「あんたの信用する侍医《じい》さんは、ずいぶん気前よく自白してくれたわよ。何もかもばれちゃって、これからどうする気、おばさん？」

「知ったことではないわね。どうせ人類は滅びる。わたしはアイダホの地下宮殿にこもって、あたらしい世界を創《つく》るのだから。誰にもジャマはさせない」

「アイダホの地底人が、さぞ迷惑するでしょうね」

「地底人？　何なの、それは」

　マイラは涼子のかたよった趣味を知らないのだ。

この点に関するかぎり、マイラのほうが常識人に見えた。

V

薬師寺涼子の部下になってしまったおかげで、私はこれまで、しなくてもいい経験をかさねてきた。気味の悪い怪物にも出会ったし、不愉快な悪党にもお目にかかった。だが、マイラ・ロートリッジほどおぞましい怪物はいなかったし、モッシャー博士ほど品性下劣な悪党もいなかった。

「あんたたち、地球人のフリしてるけど、精神は暗黒星雲に棲《す》むザリガニ人間も同様だわ。いくら痛めつけても良心がちっとも痛まないですみそうね」

涼子が宣告する。今度はザリガニ人間か、出典はいったい何だろう。

計算すればたいして長い時間でもなかったが、荒野の舌戦《ぜっせん》はまだ終わる気配を見せなかった。マイラはともかく、モッシャー博士は、ヘリコプターが到着するまでの時間をかせぐつもりだろう。私よりはるかに慧敏《けいびん》な涼子が、それに気づいていないはずはない。だが、涼子は、軽井沢らしからぬ暑さに汗すら浮かべながら、舌戦をつづけた。

「あんたたちが世界だ世界だといってるのは、キリスト教のせまい世界でしょ。ユダヤ教やイスラム教もかかわってはくるだろうけど、要するに一神教の世界。『唯一絶対の神はわが家にいる、お前の神はニセモノだ』と主張して殺しあうのは、あんたたちの勝手だけど、多神教世界には関係ないわ。仏教やら道教やらヒンドゥ教やら神道やらを巻きぞえにしないでよね。日本は一番強いやつに媚《こ》びへつらってナンバー2の地位を確保しようとしてるナサケナイ国だけど、八百万《ヤオヨロズ》の神サマたちが共存している点だけは、あんたたちよりずっとマシなんだから」

みごとな演説である。日ごろ、「なるべく多くのやつを巻きぞえにしてやる」とほざいている危険人物の台詞《せりふ》とも思えない。しかし、「悪魔がいってても真理は真理」というコトワザもあることだし、命令される前に、私は大きく拍手した。

「汚れはてた世界が破滅し、生きるに値しない人間どもが死に絶《た》えた後、優秀で美しい、選びぬかれた一四万四〇〇〇人の青年《ヤングメン》だけがのこる。わたしは女王として彼らの上に君臨し、あたらしい清らかな世界を創造するのよ。神のもとにひとつの世界《ワン・ワールド・アンダー・ゴッド》を！」

マイラは両腕を前に突き出し、掌《てのひら》を上に向ける動作をした。人命に関心を持たない狂信者の儀式だった。

「で、あんたがアイダホ州に用意している王国の領地って、どのていどの広さ？」

「五〇万エーカーよ」

一エーカーはたしか四〇四七平方メートルだ。五〇万エーカーといえば、ざっと二〇二三平方キロ……東京都全体と、ほぼおなじ広さになる。日本ではとうていありえない広大さに、私は唖然《あぜん》としたが、涼子はいっこうに感銘を受けたようすもなかった。

「何平方キロよ」

「平方……キロ？」

「メートル法に換算していってごらん」

「メートル法って……」

あまりに意表を衝《つ》かれたので、マイラは必要以上に困惑した。涼子が高笑いする。

「わー、あきれた、二一世紀にもなってメートル法を施行してない唯一の国。遅れてるー。アメリカって後進国なのね」

唯一かどうかはわからないが、たしかにアメリカは二一世紀になってもメートル法を施行していない。重さはポンド、長さはインチやフィート、距離はヤードやマイルで測《はか》る。温度も摂氏《C》ではなく華氏《F》だ。世界標準であるメートル法を拒絶し、自分の国でしか通用しない単位に固執《こしつ》しているのだ。

アジアやアフリカの小国がそんなことをしていれ

ば、日本人は冷笑するだろうが、相手がアメリカだから、むしろありがたがっている。アメリカの小説が日本語に翻訳されるとき、インチやエーカーについてまったく註《ちゅう》をつけない不親切な例も多い。読者が自分で調べろ、ということか。

「やーいやーい、メートル法も知らない野蛮人！イナカ者！　あんたたちが月になんかいけっこないわよ。どうせトリック撮影で世界をだましたんでしょ」

敵を挑発するにもさまざまな方法があるのだろうが、これほどレベルが低いのははじめてである。しかもそれが功を奏《そう》したのだから、日米決戦にしては、かなりなさけない。

「この口のへらない小娘《リトルガール》め！　つかまえて、たっぷりお仕置《しお》きしてやるよ。脳移植手術のとき、麻酔を使わないでやろうか！」

銃声がなお散発的にひびき、悲鳴や怒声もあがっている。犬たちの咆哮も絶えない。ロートリッジ家の私兵とその応援部隊は、ふたりのメイドと一〇〇〇匹の犬のために寸断され、損害をかさねているようだった。

マイラのわめき声で、敵も味方もいっせいに拳銃に手を走らせる。身を沈める者、横へ跳ぶ者。モッシャー博士はマイラに向かって何かどなりながら身を沈めた。

破局《カタストロフィ》の寸前、いや、半寸前。重くて硬い音が敵味方の間にひびいた。大きくはないのに、まさしくひびきわたった。何本かの視線が音の方向に動き、信じがたい光景をとらえた。

柩の蓋《ふた》が動いている。

それに気づいたとき、私の背筋《せすじ》を下から上へ、これまでで一番激しく悪寒《おかん》が走りぬけた。ヘザー・ビリンガムのおびえた表情と、彼女の伝えたアーテミシアの言葉とが、脳裏によみがえる。

「何日かで帰ってくるから」

この日は三日めだった。

第九章　地上より永遠に

Ⅰ

カターン。

最初の音はそうだった。つづいてカタカタカタカタ……と硬く短い音が連鎖すると、どれほど無機質な神経の所有者でも、目に見えない鎖で縛りあげられてしまったように見えた。涼子でさえ柳眉《りゅうび》をひそめたまま無言なので、かろうじて私がモッシャー博士に声を投げつけた。

「あの柩《ひつぎ》の内部《なか》には、何がはいってるんだ？」

私の質問を、黒ずくめの男たちはさえぎろうとしなかった。彼らだって知りたいにちがいない。

「何が、だと？　柩とは死体を納めるものじゃろうが。もっとも、死んだままとはかぎらんがな」

兇々《まがまが》しく、モッシャー博士が薄笑う。

「小娘《リトルガール》、わしのことをずいぶん誹謗《ひぼう》してくれたな。医学の基本的な知識も技術もないペテン師だと。よくいうた。自分が発言したことを忘れるでないぞ」

モッシャー博士の姿がすこしずつ薄れはじめた。それにつれて気温が低下しはじめる。

べつに超科学でも妖術でもない。一昨夜のような霧が、今日は昼間に出てきただけのことだ。それも、さらに勢いよく。

犬たちの咆《ほ》える声が高まった。それはたいそう不吉なひびきをおびており、これから何ごとが生《しょう》じるかを知って恐怖しているかのようだった。

「柩の蓋《ふた》をお閉《し》め！」

嫌悪感をこめて、マイラ・ロートリッジが叫んだ。同時に私は見た。黒々と炭化した人間の手が、柩の蓋の隙間《すきま》から突き出され、五本の指で柩の縁《ふち》をつかむのを。

　すでに拳銃を抜き放っていた男たちが動いた。だが、あまりに不条理な展開が、彼らのプロ精神にもひびをいれたにちがいない。動きは鈍く、足どりはためらいがちだった。彼らよりはるかに迅速《はや》く、わきおこる霧が一帯をおおい、世界は音もなく漂白されていくのだ。

「霧の軽井沢って、すごくロマンチックな印象があるんだけどねえ」

　つぶやく涼子の顔が、すでに半《なか》ば私の眼には見えない。ミルク色の気体が奔流《ほんりゅう》となって押し寄せ、敵も味方も呑《の》みつくしていく。

　額《ひたい》の包帯も、スーツも、シャツも、たちまち水気を含んで重く湿りはじめた。手にしたベレッタも水滴におおわれていく。ほんの数秒で、うかつに発砲できない状況になってしまった。すぐ近くにいるはずの上司に、善後《ぜんご》策《さく》を問おうとしたとき、渦巻く霧のなかに、ひときわ大きく重い音がとどろいた。

　涼子の声が聴こえた。

「柩の蓋が地面に落ちたわね」

「何をしてるの、さっさとおし、この役立たず！」

　マイラの叱咤《しった》につづいて。

　絶叫《ぜっきょう》が霧のカーテンをつらぬいた。たてつづけの銃声が、それにかぶさる。

　反射的に私は身を低くしたが、発砲は涼子や私をねらったものではなかった。銃声の余韻《よいん》に、苦痛のうめきがかぶさった。

「何だ《ウォット》、お前は《アー・ユー》……!?」

　草の上に何かが倒れこむ音。

「誰《フー》だ」ではなく「何だ《ウォット》」という台詞《せりふ》が、私の恐怖をそそった。呼吸が浅く短くなりかけていることに気づき、大きく息を吸いこむ。

　ぬれた草の上をひざで這《は》いながら、私は上司に呼びかけた。大声は出せない。

「警視……？」

「ここよ」

敵からの発砲はなかった。かわりに、頭上から、重苦しい機械の音がひびいてきた。

それはヘリコプターの爆音だった。

上空を接近して来る。だが、どちらの方角から近づいて来るのか、それすら判別できない。東西南北どころか、前後左右さえ、もはやわからなくなってしまった。

霧と雲とは、おなじものだ。空中にあれば雲で、地上にあれば霧と呼ばれる。いずれにせよ、冷たい水分のかたまりで、五、六歩のうちに私は雨中を歩いたのと変わらない姿になった。ようやく上司のすぐ傍《そば》に立つ。

「この霧じゃ、ヘリが着陸するのは、ずいぶんむずかしいでしょうね」

「ま、ここまでは思うツボなんだけど」

涼子の言葉で、私は、上司の戦術的能力の高さを、またしても思い知らされた。

軽井沢らしからぬ蒸し暑さがピークに達すれば、濃霧か雷雨になる。天候の急変を、涼子は予測していたのだ。だからこそ、マイラやモッシャー博士を相手に舌戦《ぜっせん》を展開し、時機を測《はか》っていたのである。

黒ずくめの男たち、つまりロートリッジ家の私兵たちは一ダースいた。味方のほうは涼子とふたりのメイド、それに私の合計四人。数の不利を他の条件でおぎなわなくてはならない。涼子としては戦車ぐらい持ち出したいところだったろうが、そうもいかないから、気象を味方につけたという次第《しだい》だ。

「この霧は、どれぐらいの時間ではれるんですか」

「夜まではれないこともあるわよ」

「軽井沢全体が、こうなるんですか」

「軽井沢の、そうね、半分というところかな。西南のほうは比較的、標高が低いし、民家が密集してる地区もあるからね」

私は腕時計に眼を近づけた。まだ午後一時になっていない。真昼なのに白い闇が周囲をおおいつくして、視界はせいぜい二メートルというところだ。風が吹けば霧は流れるが、視界がひろがるのはほんの一瞬。あとからあとから白い気体の濁流が押しよせ、私たちは霧の迷宮に閉じこめられた。

白く厚い壁の向こうでは、くりかえし銃声がおこり、悲鳴がわき、正体不明の音がして、ただならぬ惨劇が展開されていることがわかる。いつこちらが、柩から出現した「何か」におそわれるか知れず、水中にいるのも同様なのに、口のなかが乾《ひ》あがっている。

「あの柩から出てきたやつは、うまく霧を利用しているようですね」

「利用してるだけだと思う？」

「え？」

涼子の台詞の意味を、私は把握しそこねた。

「わからないの？　姿を見られるのがイヤなのよ。だから霧のなかに隠れてるの！」

口調を激しくしてそういうと、涼子は、口調にふさわしい視線で霧をにらんだ。

すると、あの黒こげになった異形《いぎょう》の物体は、人としての意識を保《たも》っているというのか!?

ある意味で、これは私が経験した恐怖のうち、もっとも深いものだった。あのような姿になっても生きている。いや、生き返らせられて、その姿を自分で恥じている。

いくら何でも残酷すぎる。

またしても銃声と悲鳴が白霧を引き裂いた。

「復讐しようとしているんですか……母親とモッシャー博士に？」

主語を口にする気には、とてもなれなかった。

「死んでからようやく根性が出たみたいね」

そう涼子が答える。台詞はニクマレ口だが、口調にはこれまで聴いたことのないひびきがあった。

私には、アーテミシアを撃つことができるだろうか。より正確には、アーテミシアだったいた存在を。いきなり背後からおそわれたら、反射的に振り向いて撃ってしまうだろうが。

困惑につづいて、怒りがせりあがってきた。アーテミシアという不幸な女性を怪物に変えてしまった利己主義者たちに対する怒りだ。

何度めかの銃声と悲鳴がかさなって霧をつらぬく。

母親のマイラにしてみれば、アーテミシアは「失敗作」だったのだろう。娘の顔を見るたびに、自分がくだらない男にひっかかった記憶を刺激され、自分自身を守る欺瞞《ぎまん》の鎧《よろい》にひびがはいる。マイラが完璧な女性であるために、アーテミシアは、ひたすら邪魔《じゃま》なだけの存在だったのだろう。

「おそらくマイラはアーテミシアを殺そうとしたにちがいないわね」

「それをとめたのは、モッシャー博士ですか」

「そう」

「むろん人道的な理由からじゃありませんね。マイラが年老《としお》いたとき、若い身体に脳を移植するという理由で……」

「そうよ。もちろんそんな手術、できるわけない。モッシャーにしてみれば、二重のメリットがあったのよ。ひとつは、アーテミシアに恩を売る。お前の生命を助けてやったのはおれだ、ということでね。もうひとつは何かわかる?」

「モッシャー自身の保身じゃありませんか。脳移植手術のためにアーテミシアの身体が必要だ、というのは、別のいいかたをすれば、モッシャーには脳移植手術が可能なんだ、ということをさりげなく宣伝することになりますから」

「ビンゴ」

短く答えた後、涼子はよく意味のわからないつぶやきを発した――コノドンカンオトコハモットダイジナトコロデドウシテドウサツリョクガハタラカナインダ――。

私たちが霧のなかに身をひそめて、あわただしくこんな会話をかわせるのも、柩から出てきたものにおそわれていないからだった。なぜ私たちを襲撃しようとしないのだろう。

ヘリコプターの爆音は、私たちの頭上を右往左往《うおうさおう》している。これだけ濃い霧では、着陸はおろか、うかつに降下もできない。樹木や電線に接触したら、たちまちバランスをくずし、失速《しっそく》して墜落に至る。まして山あいで、地形に応じて気流も複雑なのだから。

これが特殊部隊による軍事作戦だったら、多少の危険を冒《おか》しても着陸を強行するかもしれない。だが、チャーターされた民間機には、そんな技術も経験も義理もないだろう。一時的にでも霧がはれるのを期待して、旋回をつづけるしかない。

「悲鳴のあがった回数からすると、敵の人数はもう半分以下になってると思うんだけどね」

おそろしい計算をしながら、私の美しい上司はシャープな笑いをひらめかせ、ブローニングの銃身から水滴を振り落とした。

II

おそらく一〇歩ほどの距離だと思うが、霧の壁一枚をへだてて左側ですごい音がした。

それが人の悲鳴だということは、経験でわかった。だが、霧のなかで奇妙に重い音をたて、私のほうへころがってきた丸い影の正体はわからなかった。私は足もとで動きをとめた物体を、霧をすかして見おろした。

中宮《なかみや》組のボス中宮崇之《たかゆき》だった。正確には、中宮の頸《くび》から上の部分だけだ。何度も写真で見た顔、両眼の間隔がやたらと広く、眉はほとんどなく、深海魚めいた奇怪な顔が、恐怖と苦痛にゆがんでいる。

私自身が悲鳴をあげたくなったが、かろうじてこらえた。唾《つば》をのみこみ、咳《せき》をひとつして、上司に報告しようとしたが、すさまじい勢いで視界に霧がなだれこみ、近くにいるはずの涼子の姿は見えない。

白い迷宮の一角で、私はひとりになっていた。敵も近くにいる。うかつに声をあげられない。

中宮は闇金融で暴利をむさぼり、借金を返せなくなった女性は風俗産業に売りとばし、男性は自殺させて保険金をせしめるか、臓器を売らせていた。この国の、もっとも汚れた部分で肥えふとってきた男だ。

葛西敬吾の告白によれば、中宮や別宮《べつみや》は一〇年前からアルカディア・グループと結びつき、汚れた利益を分配してきた。葛西がUFA《ユーファ》日本法人と結託したことで、暗黒のネットワークはさらに拡大したのだ。

私は地に片ひざをつき、中宮の生首を観察した。とても手にとる気にはなれなかったが、傷口は刃物で切断されたようには見えなかった。

気づく機会もなかったが、中宮組の大ボスがみずから軽井沢に来ていたのだ。だとすると、別宮組のほうでも最高幹部が来ているにちがいない。

またしても、たてつづけに銃声がおこり、さらに私は身を低くした。質のよい銃器の音ではない。暴力団員がよく使う安物の改造拳銃だろう。

つづけて、いくつかの悲鳴と喚声《かんせい》がかさなる。「バケモノだ」「助けて」「逃げろ」と、日本語がいり乱れた。用心しつつ私は声のほうへ進んだ。ほんの数歩で奇妙な光景に出くわした。

霧にぬれた草の上で腹ばいになってもがいているのは、別宮組のボス別宮軍四朗《ぐんしろう》だった。これも写真で見た顔だ。黒縁の眼鏡をかけ、一見したところ紳士風の男である。

「ひい、助けてくれ、助けて……!」

別宮の下半身は、ひときわ濃い霧につつまれている。その霧のなかに何かがいた。

別宮は腹ばいになったまま私から遠ざかりはじめた。後ろから引きずられている。霧のなかにいる何者かに引きずりこまれようとしているのだ。ぬれた草を散らしながら、必死で両腕を差しのべる。

私は左手をのばし、別宮の左手をどうにかつかんだ。この男は中宮にまさるとも劣らない汚れきった悪党だ。だからそれだけに、生かして裁判にかけねばならない。

　私は右手にベレッタをつかんだまま左手だけで別宮を引っぱったが、たちまち私まで霧の奥へ引きずりこまれそうになった。私はベレッタをポケットにつっこみ、両手で引っぱりにかかった。

　突然、力あまって私は後方へ飛ばされた。草を散らしながら後方へ一回転して、ぬれた草にすわりこんでしまう。

　私は別宮を救い出すことができた。ただし左腕だけだ。肩に近いつけ根のあたりから、別宮の左腕はもぎとられ、繊維の破れ目から骨と肉を露出させ、血を噴きこぼしていた。

　私は思わず腕を放り出した。「うわッ」という声ぐらいはあげたかもしれないが、おぼえていない。はねおきて、ベレッタを引っぱり出す。

　別宮が消えた方角に銃口を向けながら、二、三歩後退する。呼吸をととのえ、覚悟して前進しようとしたとき、左の側頭部《そくとうぶ》に硬い異物を感じた。銃口だ。声も出ず立ちすくんだとき、若い女性の声がした。

「ムッシュ・イズミダ？」

　マリアンヌだった。彼女はパリジェンヌとしては中背だが、私より二〇センチ以上背が低いので、銃口の角度もかなり上向きだった。ベレッタを引き、非礼をわびるようにかるく頭をさげる。どうにか私は苦笑めいた表情をつくることができた。

「君の女主人《ミレディ》は、いったいどこにいるのかな……」

　またしても霧が渦巻き、ミルク色の濃密な水気がマリアンヌと私を冷たくつつんだ。それがやや薄れたとき、マリアンヌとほぼおなじ大きさの人影がどうにか見分けられた。

「リュシエンヌ……？」

　低い呼びかけに応じて、すばやく、優雅に、影が寄って来た。メイドたちはうなずきあって、無言で私の左右に寄りそった。霧の迷宮で離ればなれになる愚《ぐ》を、くりかえすわけにはいかない。

銃声ではないが、物がぶつかりあう激しい音がした。格闘がおこったらしい。右前方だ。私たち三人は、肩が触れあうほどかたまって、身を低くしながら前進した。

霧のなかで、黒い人影を発見する。黒ずくめの男が、後姿を見せながら、コンバットナイフを右肩の上にかまえていた。拳銃は弾丸を撃ちつくしたのだろうか。まさに投げつけようとしている。

その瞬間、私は無言でひと跳《と》びし、相手のこめかみにベレッタの銃身をたたきつけた。

声もなく、黒ずくめの男は草のなかに倒れこんだ。殺されないだけ、ありがたいと思ってほしい。

私は気絶した男の身体をまたぎ、ナイフをひろいあげつつ、霧をすかして涼子の姿を認めた。

「警視！」

「アイサツはあと、いま大事なところなの！」

涼子はモッシャー博士をあおむけに押し倒し、馬乗りになっていた。ショートパンツ姿の美女にそうされて、葛西敬吾なら陶然《うっとり》したことだろうが、モッシャー博士にはその種の性癖はなさそうだった。人間よりサルに近い声でわめき、涼子の腕を振り払おうともがきまわる。

「おだまり、ザリガニ星人！」

一喝すると同時に、涼子は左手をひらめかせ、モッシャー博士の頬を張りとばした。年長者への礼節に欠けていることはあきらかだったが、私としてもとがめる気にはなれなかった。

「さあ、あれを倒す方法を教えなさい」

「あれ、あれとは何かね、小娘《リトルガール》？」

「柩から這《は》い出してきたやつよ」

「ああ、アーテミシ……」

いい終えないうちに、今度は手の甲で左頬をしたたか張りとばされて、モッシャー博士は薄汚れた悲鳴を洩《も》らした。渦巻く霧のなかで、私は、怒りに燃えあがる燭光《しょっこう》のような涼子の瞳を見た。

「あんななさけないドラ娘でも、死んでまであんたに侮辱されるスジアイはないッ！　さっさとしゃべりなさい。でないと、あんたの足を撃ちぬいて、動けなくしておいて、その辺に放り出すからねッ」

ブローニングの銃口が、モッシャー博士の太腿《ふともも》に押しあてられる。モッシャーがどれほど厚顔《こうがん》な人間でも、涼子が本気であることをさとらざるをえなかった。

「わかった、しゃべる……」

いまいましげにうめいた。

「マイラが望んだのは永遠の若さと美しさだが、いっぺんにそこまで到達できるものではない、ということを、わしはどうにか納得させた。準備も順序も必要だ、ということを、根気よく説《と》いてきかせたんだ」

「そうやって大金を巻きあげたのね」

「それだけのことはしたさ。わしはマイラに正気を保《たも》たせるため、どれだけ苦労をしたことか。マイラがこれまで無事でいられたのは、あいつがしでかしたことを、全部わしが後始末してやったからだ」

「前置きが長い！」

「わかった、途中経過は省《はぶ》く。わしはアーテミシアにいくつも薬を服《の》ませた。要するに、身体の代謝《たいしゃ》機能を極端に強めて、体組織が損傷を受けてもすぐ回復できるようにし、寿命ものばせるように……副作用もあったが……」

「もういい、わかった」

「何？　何がわかった？」

「代謝機能を強化して、火で焼かれたていどでは死なない身体にしたってわけでしょ。異常な力も出るみたいで、実験が成功して、けっこうだったわね。で、そうなると、代謝を暴走させて、いくところまでいく薬だってつくれたんじゃないの？」

モッシャー博士の顔がグロテスクにゆがむ。それまで傍で黙って見ていた私も、口をはさまずにいられなかった。

「どういうことなんです？」

「うーん、わかりやすくいうとさ、何日も断食《だんじき》すれば体重が減るでしょ」

「ええ」

「それはつまり、戯画《ぎが》的にいうと、生きるために自分で自分の身体を食べるということよね」

「ええ、まず脂肪を燃焼させるわけですね」

「モッシャーはそれを加速させる薬をつくったのよ。効力をコントロールできれば究極のダイエット薬になるわね。でも、こいつがたくらんだのは、たぶん、究極の殺人用の化学兵器よ。その薬をのんだら、代謝機能が暴走して、身体がミイラみたいに枯れて、ちぢんで、くずれてしまう……」

モッシャー博士に馬乗りになったまま、涼子は説明するのだった。

「こいつはその薬を使って、マイラの妄想を実現させようとしたんですね」

モッシャー博士に対する嫌悪が、さらに募《つの》る。すでに、これ以上ないほどに増大していたはずだが、それでもすまないほどに。

涼子は右手でブローニングを握ったまま、左手で博士の髪をつかんだ。

「薬をお渡し！」

圧倒的な威厳と迫力だった。

「でないと、何十億人の異教徒が死ぬ前に、あんたが蛆虫《うじむし》にたかられることになるわよ。どこに隠し持ってるのさ!?」

「ポケットだ、白衣の右のポケット。粉末にしてある」

「泉田クン、取り出して」

私は博士のポケットに手を突っこもうとしたが、脳裏に赤い非常ランプが点《とも》った。私は敵からうばったナイフで白衣のポケットを切り裂いた。用心深く、だが、できるだけすばやく。

ポケットからこぼれ落ちたのは、小さなビニール袋にはいった粉末。そして金属製の奇妙なリングだった。ナイフの刃でリングに触れてみると、バチッと音がしてリングの内側に小さな刃が飛び出した。うかつにポケットに手をつっこんだら、指を切断されていたところだ。さらに、刃に毒がぬってあれば、絶対に助からない。

「ありました。このカプセルです」

「さすが、あたしの侍従武官《じじゆうぶかん》」

満足そうな涼子と対照的に、モッシャー博士の形相《ぎようそう》はすさまじく、失望と悪念《あくねん》にゆがんでいた。たいそう気分よく、私は上司に小さなビニール袋を手渡した。

III

「よし、もうこいつに用はない」

勢いよく涼子は立ちあがった。

解放されたモッシャー博士がうめき声をあげ、霧と露にぬれた身体を半転させて四つんばいになる。もちろん起きあがろうとしたのだが、すかさず涼子が優美な脚を伸ばした。汚れた白衣につつまれた尻を蹴とばす。

「とっとと、どこへでもいっておしまい。あんたなんか殺す価値もないわ」

モッシャー博士はぶざまに這《は》いつくばったまま、草のなかを前進しようとしていたが、その姿はたちまち霧にのみこまれ、視界から消えてしまった。

「逃がしてしまって、いいんですか」

「あいつは寄生虫よ。寄生する宿主が消えてしまったら、どうせ生きていられないわ」

涼子がビニール袋をリュシエンヌに手渡す。マリアンヌが麻酔弾の小さな蓋《ふた》をあけて中身をすてる。ふたりで麻酔弾の中身を代謝加速薬につめかえるまで、一分もかからなかった。作業をすませると、うやうやしく、ささげ持つように女主人に返す。

「よし、いくぞ」

涼子の声が静寂《せいじゃく》を破る。

静寂。そう、白霧の大海は、いまや静まりかえっていた。銃声はとだえ、ヘリの爆音も消え去っている。ついに着陸を断念して引き返したのだろう。

涼子が歩き出す。彼女の歩むところ霧が割れて道ができる、わけではないが、昂然《こうぜん》と頭をあげ、胸を張り、自信に満ちた颯爽《さっそう》たる足どり。茶色の髪に水滴がつき、あたかも真珠の粒をまぶしたかのようだ。

銃声がとだえたことは、ロートリッジ家の私兵たちが全滅した事実を意味する。ほんの数歩で、二個の死体に出くわした。頸部《けいぶ》や手足が、ありえない角度にまがり、顔から胸にかけて血へどにおおわれている。それでもなおお手から拳銃を離していないのは、プロの証明というやつだろうか。ここが彼らの祖国で、好きほうだいに最新型兵器を使用できていたら、こんな死にざまはさらさずにすんだにちがいない。

突然、というのも何度めのことか憶《おぼ》えていないが、霧をつらぬいたのは苦痛の絶叫だった。涼子に半歩おくれて、私も姿勢を低くしつつ、声の方角に進んだ。

見出したのは惨死体だった。つい先ほどまで、モッシャー博士と呼ばれていた地球人だ。くわしく描写する気にはなれない。何者かが彼の上顎《うわあご》と下顎をつかみ、力まかせに上下に引き裂いたことがあきらかだった。

モッシャー博士に同情する気にはまったくなれなかった。地球人の辞書には、「自業自得」という熟語があるのだ。これ以上の見本はなかった。

それでも、ひきちぎられたモッシャー博士、というよりかつてはモッシャー博士だったその物体を、私は踏まないよう用心して足をすすめた。

不意に、草がざわめいた。その方角へ、私は身体を開き、銃口を向けた。霧を割って異形の物体が出現するか、と思ったのだ。

鋭く、涼子が制した。

「動かないで！」

頭上に気配を感じた。渦巻き流れる霧のなかを、何者かが飛翔したようだ。それとも単なる跳躍か。

白い幕の上、私たちの頭上を黒い異形の影が飛びこえていった。霧が空中の川となって流れ、その流れに乗って泳ぐように。

その形は、人間のようでもあり、蛙《かえる》か山椒魚《さんしょううお》のようでもあった。それだけしかわからなかったのは、見る側にとっても見られる側にとっても、せめてもの幸運だった。あらゆる醜悪な光景を、霧が隠してくれたのだ。

異形の影は着地したようである。涼子は麻酔銃をにぎりなおし、決然としてそちらへ足を向けた。彼女の右を私が、左をメイドたちがかためて、霧のなかを五〇歩ほど前進する。

行手《ゆくて》で人声がした。ヒステリックな女性の声、そして英語。声の主がマイラ・ロートリッジであることは、確認の必要もなかった。

「何をするの、アーテミシア、わたしはお前の母親よ。それが親に対する子の態度なの？　人間として恥ずかしくはないの!?」

涼子が肩をすくめた。

「最大限に、言論の自由を振りまわしてるわね」

「助けにいかなくていいんですか」

「君さ、自分がやりたくもないことを、あたしにやらせたいの？　ずるいわよ」

「すみません、おっしゃるとおりです」

私は恥じいった。マイラ・ロートリッジを救うなら、私自身が手を差しのべるべきであった。

「おやめ、アーテミシア！　やめないと赦《ゆる》しませんよ……！」

愚《おろ》かしい女性大富豪の叫びは、完全な悲鳴に変わった。激しくもがく音がして、霧のなかから顔が飛び出した。マイラ・ロートリッジの、恐怖と憎悪《ぞうお》にひきつった顔だ。両眼と口を最大限に開いている。私もだが、メイドたちも声が出ない。

おちつきはらって、涼子が呼びかけた。

「あんたを救うことができるのは神サマだけよ。せいぜい祈りなさい。全能の神サマが実在しているなら、あんたに公正な審《さば》きを下すはずだから」

マイラ・ロートリッジは答えなかった。答えたくても答えられなかったのだろうが、それ以前に涼子の声が聴こえなかったのかもしれない。

大きく開いた口から、くぐもった声の塊《かたまり》を吐き出すと、マイラ・ロートリッジのグロテスクにひきつった顔は霧のなかに引っこんだ。

白い気体の乱流の彼方《かなた》で、どのような場面が展開されたか、想像することもできない。いたけだかな怒声と、恐怖に満ちた悲鳴とが一度ずつ聞こえた。

ついに、単なる苦痛のわめき声がとどろいて、それが断《た》ち切られると、鉛《なまり》より重い沈黙が降りた。

霧のカーテンの向こうに、黒い影がゆらめいている。それに向かって、涼子が静かに呼びかけた。

「終わったみたいね」

「…………」

「あんたももう終わりにする?」

「…………」

「心配いらないわ。あんたの身体は完全に地上から消える。だれの眼にも触れない。約束するわ」

返答はない。霧のカーテンの向こうで、異形の影は動くのをやめているようだった。私の耳に、すすり泣くような声が伝わってきたような気もするが、たぶん感傷のなせる業《わざ》だろう。

涼子は麻酔銃の引金《トリガー》をしぼった。渦巻く霧の中心部へと、代謝強化薬をつめた羽根つきの弾丸は宙を疾《はし》った。

かろうじて可聴《かちょう》領域をかすめるていどの、小さな、低い、それでいて重みのある音。

無限にも思われる数秒間がすぎて、かなり強い風が白霧を巻きあげた。一気にカーテンが開かれたように、視界がひろがる。無彩色に近い世界は、だが、空虚だった。誰もいない。山と森林を背景として、草が左右に揺れ、ざわめいて、何者かを弔《とむら》う歌を暗くうたいあげるだけだ。

「燃えつきたのよ」

涼子が髪をかきあげると、真珠の粒が宙に四散《しさん》した。

「丹念に調査すれば何か残っているかもしれないけど、そんな必要はないでしょ。風と霧が全部どこかへ運び去ってしまったわ」

「そうですね……」

「さ、帰ろ。こんな陰気な場所、もうたくさん」

涼子の右腕が私の左腕にからんだ。

彼女とともに、私は歩き出した。マリアンヌとリュシエンヌがついてくる。五分ほど歩くと、「戦場」に着いた。先ほどまで多勢の地球人と地球犬が混戦をくりひろげていた原野に。

すっかり媚薬の効果が切れたらしい。犬たちは犬たちなりに不得要領《ふとくようりょう》な表情で、ぞろぞろ歩き去っていく。それぞれの飼主のもとへ帰るのだろう。「戦場」には一方的に敗れた暴力団員たちがのこされた。無傷な者はひとりもいないようで、あわれっぽく痛みをうったえ、救いを求める声が私の耳にとどく。

半死半生で地面にあおむけに倒れている若い暴力団員の顔に、チワワが小便をひっかけていく。さすがにアワレになって、「だいじょうぶか」と声をかけてみると、暴力団員は弱々しくうめいた。

「もうこんなのイヤや……やっとれへん……カタギになるワ」

「それがいい、ご両親が喜ぶぞ。待ってろ、救急車を呼んでやるから」

すると私の上司が異議をとなえた。

「まともに税金も払ってないやつに、そんなコトしてやらなくていい！」

「そうはいきませんよ。死者も出ていますし、事後《じご》

処理をしませんと……」

「しなくていいってば、そんなメンドウなこと。もう終わったことだしさ」

じつは何も終わっていない。警察の捜査という観点からすれば、むしろこれからが始まりなのだ。処理すべき事項と関係者および責任者の氏名を並べてれば、雑誌一冊分ぐらいの分量にはなる。日本の暴力団どうしの抗争に、不運なアメリカ女性富豪が巻きこまれた、というところで強引にまとめるしかなさそうだ。だが、涼子はというと、区々《くく》たる事後処理になど興味がないのだった。

「何のためにお由紀が存在するのよ。適当にツジツマあわせて、あたしに迷惑がかからないようにする。それがあいつのアイデンティティってもんでしょ！」

火山に対してすらアイデンティティを要求する薬師寺涼子である。宿敵《ライバル》に対してもそうであるのは、当然すぎる話だった。

IV

午後六時。

なお霧は軽井沢一帯をつつみこみ、照明を受けて青白くかがやいている。東京方面からの新幹線特急が到着し、駅舎から北口の空中広場に出てきたカップルが感歎の声をあげた。

「うわあ、ロマンチック！」

「おれたちを歓迎してるみたいだよな。半袖だとちょっと寒いけど」

はしゃぎながら、半円形の階段を降りていく。

「若い人はムジャキでいいわねえ」

自分も若いくせにそういったのはジャッキーだ。いや、若林健太郎氏というべきだろう。女装を解いて、スーツ姿の堂々たる青年紳士である。ただし言葉づかいはすぐにはもどらないらしい。

「いいのよお、若い人はあれで。まだ人生の苦《にが》みを知るのは早いわ」

そう応じた小柄な中年紳士はフローレンス桂木だ。私を治療してくれた名医である。

軽井沢駅の待合室には大画面のＴＶが設置されており、地元のニュースが放映されていた。この日の午前中、矢ヶ崎公園周辺でくりひろげられた大乱闘について、つかれはてた表情の長野県警本部長がインタビューに応《こた》えている。

「結局ひとりの容疑者も拘束できなかったんですね」

「現時点では。あくまでも現時点では、です」

「ですが、女装の男性たちでしょう。すごく特徴があって目立つと思いますが」

とがめだてするようなインタビュアーの口調に、本部長は勃然《むっ》として、制服につつまれた肩をゆすった。

「あのですな、たしかに女装の男性は目立つかもしれません。ですが、女装を解いたら普通の男性なんです。かたっぱしから不審尋問したら、今度は人権侵害といわれるでしょう。捜査の行方を冷静に見守っていただきたい！」

「たいへんねえ」

「ほんと、たいへんよねー」

ジャッキーとフローレンスが、本部長に同情する。自分たちが「たいへん」の原因であるという自覚はないらしい。それに、長野県警は、未公表の大事件のせいで、これからもっとたいへんになる。女装愛好家の乱闘さわぎなどにかまっているヒマはなくなってしまうはずだ。

「あなたがたもたいへんでしたよね」

私の皮肉はささやかすぎて、彼らには通じなかった。

「いいのよ、あれくらい想定の範囲内」

「そうそう、みんなイツワリの人生を送ってストレスたまってるしね」

「ダメよ、ストレスは発散させないと」

えらそうに涼子がいう。昼間はTシャツにショートパンツという姿だったが、いまはしゃれたラベンダー色のサマースーツだ。

「あの、毎年あんな具合《ぐあい》なんですか?」

私が問うと、女装愛好家たちは楽しそうに笑った。

「今年はとくにハデだったけど、ま、似たようなものよ」

「繊細《せんさい》な人間ほどストレスがたまるものでしょ。ときたまエネルギーを発散させたほうが、かえって長期的な安定が得られるのよね」

「あー、楽しかったわ、今年の総会は」

「なごり惜しいけど、もう汚れた俗世にもどらなくてはならないの」

「また来年、逢いましょうねー」

ジャッキーとフローレンスは明るく元気に手を振って別れていった。改札口のなかへ姿を消していく。手にしたスーツケースのなかに、ウェディングドレスや赤頭巾ちゃんの衣裳がはいっているとは、駅員たちも気づくまい。

「さてと、もうひとり送り出さなきゃ」

涼子がヒールを鳴らして歩き出し、私がしたがった。

広い無機的なコンコースだが、あちこちに地方色の強い名産品のポスターやイベント案内が掲示されている。大賀ホールのコンサート予定を貼り出した壁の前に、ヘザー・ビリンガムがたたずんでいた。彼女の左右に立つ屈強《くっきょう》な男たちが涼子に最敬礼する。オーナーのご令嬢に呼び出されたJACES《ジャセス》の社員だった。

「はい、日本のオミヤゲ」

ヘザー・ビリンガムに涼子が手渡したのは、絹《シルク》のハンカチだった。ヘザーのいぶかしそうな表情が、文字の列を見て一変する。

「これは……アーテミシアの遺書!?」

「あんたの手で公表なさい。物議《ぶつぎ》をかもすだろうけど、ロートリッジ家内部の腐った闇に光をあてる道具のひとつになるでしょ」

「いいんですか、ミス・ヤクシージ……」

「いいっていってるのよ。あたしの気が変わらないうちに、しまったら？」

　すなおにヘザーはハンカチをハンドバッグにしまった。

「W《ワールド》・M《メディア》・C《コープ》東京支局が、あんたの身柄を保護してくれるわ」

　国際的メディアグループの名を涼子が口にした。

「日本の政府も警察も、たぶんよけいなことはしないと思うけど、もし干渉してきたら即座に、外国メディアに対する言論弾圧として世界的に騒ぎたてる手筈《てはず》ができてるから、心配いらないわよ」

　どうにも、手まわしのいいことである。公務のときとは、えらいちがいだ。

「WMC東京支局で資料公表の準備をととのえながら、ニューヨークの弁護士に連絡しなさい。ドワイト・スペンサーというやつだけど、オタクのくせにけっこう野心家でね。五年後にニューヨーク州地方検事、一〇年後に州知事か上院議員、という未来図を描いてるの。UFA《ユーファ》帝国とロートリッジ家の闇をあばきたてて崩壊に追いこめば、たいへんな功名になるから、あんたに協力してくれるわ」

　ハンドバッグを胸に抱きしめたヘザーが何かいおうとする。手を振って、涼子が制した。

「ああ、政治的に利用されるのはイヤだなんて、正義派小児病みたいなことというのはおやめ。政治をこちらが利用してやればいいの。あんたはUFA《ユーファ》とロートリッジ家を崩壊させて、家族の怨みをはらし、将来のニューヨーク州知事に恩を売る。それでいいの。あんたは強大な敵と、すくなくとも戦おうとした。その勇気は、正当な報酬に値《あたい》するわ」

　えらそうないいかただが、涼子はめずらしく他人を面と向かってほめているのだった。

「感謝します、ミス・ヤクシージ」

「いいのいいの、でも忘れちゃダメよ、あんたの手記の日本語版は、あたしが版権をもらうからね」

ひかえめにヘザーは笑顔をつくり、日本風にオジギをした。JACESの社員たちがふたたびオーナーのご令嬢に最敬礼する。

ヘザーたちの姿が消えると、涼子は大きくのびをした。

「終わった終わった。さ、家に帰って、おいしいご飯を食べよう。リュシエンヌとマリアンヌが待ってるわ」

「UFA《ユーファ》帝国を乗っ取るのはやめたんですね」

「氷山に衝突した後の巨船《タイタニック》に用はないわ。泥舟《どろぶね》とおなじよ」

「ごもっとも」

「それより、こうなったらスペンサーのオタク野郎にせいぜい出世してもらわなきゃ」

「ニューヨーク州知事ですね。いや、上院議員ですか」

涼子が右手の指を振ってみせた。

「何スケールの小さいことといってんの。大統領よ、大統領」

「大統領……」

私は絶句した。涼子はスーツの腕を組み、自分ひとり納得したようにうなずく。

「どんなとんでもないやつでも、選挙に勝ちさえすれば大統領になれるのが、アメリカのいいところよ。スペンサーのやつはべつに無能でもないんだし。日本を支配しようと思ったら、永田町《ながたちょう》や霞が関《かすみせき》をちまちま攻略するより、ワシントンDCを手にいれたほうが、よっぽど効率的でしょ」

「そ、そうですね」

私としては、アメリカ国民の良識を期待するしかなさそうだった。涼子のほうは、不意に何か想い出したようだ。音をたてて舌打ちした。

「あーあ、それにしても、究極のダイエット薬……」

「いまになって惜しくなったんですか」

「そりゃ惜しいわよ。何の苦労も努力もなく、完璧に痩《や》せられるんだから。日本だけで五〇〇〇万本は売れるわ。一本五〇〇〇円で、ひと月一本ずっと飲みつづけねばならないとしたら、ええと、ひと月で二五〇〇億円、一年に三兆円の売りあげよ。海外に輸出したらその一〇倍……」

「そういうのを皮算用っていうんですよ」

私は女性のダイエットにはイヤな想い出がある。だから、そっけなく応《こた》えた。涼子は不満そうに私をにらんだ。

「UFA《ユーファ》の乗っ取りをやめてやったのよ。正々堂々と商売でかせいで何が悪いの」

「正々堂々ですかね。でも、ま、いいじゃないですか。あなたはモッシャー博士の悪魔の薬から世界を救ったんですから」

「そんなの、どうだっていいわ。べつにあたしにメリットがあるわけでもなし」

「メリット、ですか。でも、世界はあなたの玩具箱《オモチャ》なんだし、それがこわされなくてすんだわけですから」

「それはそうだけど、こんなに苦労したのに、だれもほめてくれないしさ」

上司にすねられた部下としては、ご機嫌をとるしかない。

「私はほめさせていただきますよ」

「ほんとに?」

「ほんとうですとも。絶讃しますよ。何しろ休暇のついでに悪を亡ぼして世界を救ったんですからね。あなた以外、どこのだれにもできないことです」

「そりゃ、ま、君のいうことが真実だけどね」

すこしご機嫌がなおりかけたようだ。やれやれと思ったとき、きびきびした靴音が近づいてきた。マジメそうな声が呼びかけてくる。

「お涼、今後のことで話があるの。軽井沢高原署でも近くのホテルでもいいから、顔を貸して」

両手を腰にあてて立つのは室町由紀子だった。隙なくスーツを着こんだ彼女の背後で、岸本明がカルガモのヒナみたいにうろうろしている。

涼子はたちまち戦闘モードにはいった。

「利息もつかないのに、顔なんか貸せるわけないでしょ。テガラなんか全部あんたにあげるから、あたしの華麗な休暇をジャマするのはおやめ。あと三日あるんだから」

「いいかげんになさい、お涼！」

「泉田クン、逃げるわよ」

「え、何で逃げるんですか、私まで」

「ここで逃げ出さないと、楽しい休暇を中断させられちゃうでしょッ」

「あなたには楽しいかもしれませんが、私はですね……」

「お待ちなさい、お涼！」

「ほら、はやく！」

有無《うむ》をいわせず、涼子は私の腕を引っぱった。振りほどくこともできず、五、六歩走ると、コンコースの外には青白い夜霧の海がひろがっている。

美しい不埒《ふらち》な逃亡者は、不幸な部下の腕を引っぱったまま、そのなかへ駆けこんでいくのだった。

参考資料

軽井沢　岩波写真文庫　岩波書店
アメリカ一九一四－三二　音羽書房鶴見書店
アメリカ人の歴史III　共同通信社
アメリカとは何か１００章　講談社
大統領の情事　ＪＩＣＣ出版局
クローン人間　新潮社
アメリカこきおろ史　新潮社
ＦＢＩの危険なファイル　中央公論社
歴代アメリカ大統領総覧　中央公論新社
アメリカ20世紀史　東京大学出版会
今は亡き大いなる地球　徳間書店
新約聖書　日本聖書協会
ジーニアス・ファクトリー　早川書房
秘密結社　ビジネス社
ファーストレディ物語　文藝春秋

●**「霧の訪問者」**は、いかがでしたか？
「霧の訪問者」についてのご意見・ご感想、および**田中芳樹**《たなかよしき》先生へのファンレターは、次のあて先にお寄せください。

〒112-8001 東京都文京区音羽2-12-21
講談社 文芸図書第三出版部
「霧の訪問者」係
または
「田中芳樹先生」

N.D.C.913　218p　18cm

霧《きり》の訪問者《ほうもんしゃ》　薬師寺涼子《やくしじりょうこ》の怪奇事件簿《かいきじけんぼ》

二〇〇六年八月二十四日　第一刷発行

KODANSHA NOVELS

定価はカバーに表示してあります

著者—田中芳樹《たなかよしき》

発行者—野間佐和子

発行所—株式会社講談社

東京都文京区音羽二-一二-二一
郵便番号一一二-八〇〇一

編集部〇三-五三九五-三五〇六
販売部〇三-五三九五-五八一七
業務部〇三-五三九五-三六一五

印刷所—大日本印刷株式会社　製本所—株式会社国宝社

ISBN4-06-182499-6

創竜伝7
〈黄土のドラゴン〉

創竜伝8
〈仙境のドラゴン〉

創竜伝9
〈妖世紀のドラゴン〉

創竜伝10
〈大英帝国最後の日〉

創竜伝11
〈銀月王伝奇〉

創竜伝12
〈竜王風雲録〉

創竜伝13
〈噴火列島〉

中国大河史劇

編訳／田中芳樹
イラストレーション／伊藤 勢

岳飛伝
一、青雲篇

岳飛伝
二、烽火篇

岳飛伝
三、風塵篇

岳飛伝
四、悲曲篇

岳飛伝
五、凱歌篇

少女コリンヌの謎と冒険の旅

田中芳樹
絵／鶴田謙二

MYSTERY LAND

ラインの虜囚